# 만수동 돌의 노래

# 만수동 돌의 노래

초판발행일 | 2017년 11월 30일

지은이 | 하봉규
펴낸곳 | 도서출판 황금알
펴낸이 | 金永馥
주간 | 김영탁
편집실장 | 조경숙
표지디자인 | 칼라박스
주소 | 03088 서울시 종로구 이화장2길 29-3, 104호(동숭동)
물류센타(직송 · 반품) | 100-272 서울시 중구 필동2가 124-6 1F
전화 | 02)2275-9171
팩스 | 02)2275-9172
이메일 | tibet21@hanmail.net
홈페이지 | http://goldegg21.com
출판등록 | 2003년 03월 26일(제300-2003-230호)



값은 뒤표지에 있습니다.

ISBN 979-11-86547-80-9-03810


*이 도서의 국립중앙도서관 출판예정도서목록(CIP)은 서지정보유통지원시스템 홈페이지(http://seoji.nl.go.kr)와 국가자료공동목록시스템(http://www.nl.go.kr/kolisnet)에서 이용하실 수 있습니다.(CIP제어번호: CIP2017029697)

# 만수동 돌의 노래

하봉규 시집

황금알

## | 시인의 말 |

체를 받쳐 소리를 거르고
키를 까불러 말을 고르고
화가 일 때는 곰방매를 치고
아침저녁으로는
헝클어진 마음을 싸리비로
쓸어라

그러는 동안 귀는 어두워지고
눈은 침침해졌다.

그리고 등 뒤는 밝아졌다.

# 차 례

## 2부 가을 햇살 한 그릇 담을 수 있다면

## 3부 나, 아직 한참 모자랍니다

## 시평

# 1부

## 고봉으로 밥을 들고 싶은 저녁

# 속으로 적묵을 두른

내 가슴둘레만 한 소나무의 나이가
얼추 나와 동갑이다

나무는 속으로 나이를 먹을까
겉으로 나이를 먹을까

고까짓 것 내가 모를까 하는데
어느새 가을이 다 깊어가고

장독에 넣을 숯을 만들기 위해
소나무를 태우면서 비로소
그 비밀을 캘 수 있었다

누가 불을 지르면
겉으로 나이를 먹은 나는
속이 먼저 타고
속으로 속으로 적묵을 두른 나무는
좀체 속을 태우지 않았다

## 장작더미

제 몸을 자르는 놈에게
하얀 쌀밥까지 보시하고
도끼에게는
푸른 허공까지 쪼개어 주더니
이제는 아궁이 앞에 착착 포개 앉아
따뜻한 터널행 차표를 기다리는
저 평온한 불상

# 산골 하루

아침 햇살 마당에 퍼지면
그 자리에 바람이 먼저 일고
양파밭 살포시 녹으면
그 자리에 대숲이 들어서고

하늘을 나는 새는
이엉 없이 집을 지으며 살고
등이 휘어진 사람들은
토란처럼 올망졸망 겨울을 난다

조각나무 손 비비는 창으로
산 그림자 넘어오고
갈고리달 지는 밥봉에
부엉이 찾아 울면
골바람 부스스 내려와
문지방을 넘는다

군불은 사위어가면서 진득이 구들을 데우고
늙은 농부는 주름이 깊어지면서도
어스름달 꼭 품고 새곰새곰 잠이 든다

산골의 하루는 참 고즈넉하다

## 다탁茶卓을 만들며

다탁을 만들기 위해
아름드리 소나무를 반으로 켜서 다듬었더니
거기에 기막힌 한 생애가 숨겨져 있었다

곪아서 살이 썩은 시절
뱃가죽이 달라붙고
등이 휜 시절
서럽고 원통한 세월은
옹이가 되었고

연애편지를 쓰고 또 지우고 쓰며
가슴앓이하던 그런 설렌 나날은
샐그러진 무늬로 그려져 있었다

한평생을
흔들리면서 제 몸을 일으킨 흔적이
올곧게 새겨져 있었다

잠잠한 강줄기 하나
흘러 흘러가고 있었다

# 논두렁 붙이기

무논 앞에 무릎 꿇고
두 팔 둥글게 뻗어 큰절하고
말랑말랑한 흙 두 손으로 감싸 안아
한 해 동안 허물어진 논두렁을 붙인다

두더지나 쥐가 뚫어놓은 구멍을 메우며
큰비에 논둑 터지지 말라고
잡풀 자라지 못하여
가두어 놓은 물 한철 안거하라고
물꼬로만 물 자유롭게 넘나들라고
한결같이 그런 마음으로 바르고 또 다듬으며

수백 번이나 큰절을 하고
무르팍 속까지 짙푸른 풀물이 들고
유월의 태양에 등이 붉게 익는 오체투지다

높고 낮음도 없는

맑고 탁함도 없는
오로지 흙빛의 평평한 법당에
아름다운 경계를 긋는 일이다

반품씩 반품씩 옆으로 기어서 가는
긴 고행이 끝나고 논두렁을 돌아 나오면
저쪽 논머리에 앉은 큰 산 하나가
환하게 제 얼굴을 비추고 있다

## 마늘쫑 뽑기

깊고 아득한 그 마음을
내게로 끌어올리기 위해서는
팽팽한 긴장의 순간을 참아야 한다

당기는 자와 버티는 자의 줄다리기
절정의 순간에 한쪽이 숨을 내려놓는 소리
때로는 생의 마디가 뚝 끊어지는 듯
긴 대롱으로 마침내 두 생이 한 길로 트이는 듯

길의 갈림은 부드러운 느림

뻗대는 마늘쫑
뒷산의 멧종다리 노래
여름을 달리는 먼 곳의 천둥소리

인내의 상쾌함을 펴 올리러
느림의 만세를 외치러
오월에는 마늘밭으로 달려가자

## 투쟁

못 살겠다 책임져라 각성하라
바람 세차게 부는 날
고라니가 와서 몰래 걸어놓았나
찢겨진 플래카드가 밭두렁에서
목쉰 소리를 심하게 한다

# 새줄을 흔들며

다 자기방식대로 새들을 쫓는다

빤짝이는 줄을 치고
대나무 끝에 비닐을 매달고
허수아비를 세우고

원두막에 앉아 참새줄을 흔들던
그 아득한 향수 때문에
나는 장대에 깡통을 달고

줄은 출렁이면서
내 손끝으로 와 닿아
수십 년의 세월을 잔잔히 흔든다

빈 깡통 소리들
둔탁한 고백들
그 사이로 뒤엉킨 시간들

콩잎은 크고

이제 새들은 오지 않아도

내 안의 저 깊은 곳을 깨우기 위해

나는 가끔씩 힘차게

새줄을 흔든다

# 안테나

빈집 지붕 위 오래된 안테나
바람이 불 때마다 굳은 약속 수신하려
좌우로 방향을 비틀어보지만
어긋난 서까래만 찌직찌직
잘 보이지 않는지
벽에 걸린 빨래판만 한 거울만 빤뜩빤뜩한다
그때 텔레비전은 다 그랬지
국이는 지붕 위로 올라가서 안테나와 씨름하고
덕이는 마당에서 고함을 지르며 생중계를 하고
아버지는 다이얼을 잡고 요리조리 돌려 보았다

한동안 그럭저럭 나오던 텔레비전은 수시로 쌕쌕거렸다
그때 몸속으로 찌릿찌릿 흐르는 게 있었지
정해진 길은 없다
길은 바뀔 수 있다
멀리서 보내오는 소식을 수신할 길이
어느 한 방향에는 분명히 있을 거라고

그리고 안테나를 큰 도회지 쪽으로 단단히 묶어놓고
차례차례 마이크로버스를 탔다

그 후 지붕의 슬레이트처럼 퍼석퍼석 세월만 흐르고
덩실덩실 춤추는 소식 한번 언제나 보내오려나
빈집의 녹슨 안테나는 지금도 수신 대기 중

# 징검다리

내 잰걸음을 붙드는
산정마을 뒤 갈대숲 징검다리

물총새의 운동장
개개비 종소리에
송사리 버들치 빠가사리 동자개들이
쪼르르 모여드는 교실
거기에 나도 앉아 옛이야기 오래 듣네

수십 번이나 큰물이 지고
그럴 때마다 우둘투둘 돌들이 치고
질긴 목숨 질겅질겅 씹으며
서러운 사람들이 건너다니고

가문 날에는 돌뿌리를 깊이깊이 내리고
한겨울에는 냇물에 일렬로 앉아
제 몸에 얼음칼을 꽂고

둥글납작 앉은뱅이가 되어도 좋다고
그러면서 단단한 징검다리가 되었을 것이다

누구에게는 경쾌한 음표가 되고
또 누군가의 젖은 일생을 지긋이 들어서
마른 계절로 한 발 옮기기도 하면서

# 기상이변

한파가 몰아치는 밤에는
나도
물도
그믐달도
몸을 웅그린다

아침에
달은 먼 길을 떠났고
얼음은 빛나고
나는 아직도 웅그리고 있다

절박한 순간의 갈림

# 제비집 밑에서

제비가 또 새끼를 깠네요이
이번에는 두 마리를 깠어 합이 다섯 놈이야
누가 시키지도 않았는데
똥을 집 밖으로 다 쌀 줄 알고
고것들 참 영리해요이
똥 치운다고 성가시긴 해도
그래도 해마다 찾아와 주는 게 고맙제

볼륨을 한껏 높여 놓은 광주댁 텔레비전에서는
12호 태풍이 빠르게 북상 중이라고 한다

가만히 보면 사람보다 나은 구석이
한두 가지가 아닌 것 같소이
맞어 저것들이 세 배를 까면
강남으로 가다가 아마 죽는다지
그래서 두 배를 까고 나면 각자 떨어져 살다가
태풍이 다 지나고 나면 강남으로 간다는겨

# 칡넝쿨

야트막한 산비탈에
누가 당겨서 매어놓은 것 같은
팽팽한 칡넝쿨

겨울에 아버지는 이런 칡넝쿨로
헤진 발채나 쳇바퀴를 수리하거나
보리밭으로 지고 나갈 똥통을 옭아매거나
삐꾸러지기 쉬운 나뭇짐을 동이는 데
아주 요긴하게 사용하였다

아버지의 칡넝쿨 가르는 소리가
싸락싸락 초가지붕 위로 퍼지면
겨울밤이 하얗게 하얗게 쌓이기도 했던가

그때의 그 칡넝쿨이
어찌나 곧은 직선으로 가랑이를 붙들던지
흐트러진 걸음을 멈추고 오도카니 앉아

한끝을 잡고 내 마음을 그어 보기도 하고
실눈으로 내 길을 꼬나 보기도 하는 동안
저쪽에서 아버지가
다른 한끝을 팽팽하게 잡아당기고 있는 것 같다

# 장작 패기

장작을 패 보면 알지
쭉쭉 곧은 놈은
굵거나 말랐거나 말거나
도끼 한 방에 맥없이 짜개지고
등이 휘었거나
옹이가 박혔거나
쭈글쭈글 곪은 놈은
여러 방을 찍어도 까딱없다

팍팍
도끼만 튄다

힘겹게 세월을 밀어 올린 소리일 게다

# 소

쟁기질이나 써레질을 배울 때부터
들판의 풀을 뜯어 먹으면서
땅을 섬기며 언제나
무릎을 꿇고 앉았겠지

가마솥에서 소죽이 펄펄 끓을 때부터
사랑채 한 칸씩 나누고 살면서
주인을 섬기며 언제나
무릎을 꿇고 일어났겠지

수천 번 다짐을 하고
또 적묵하면서
그럴 때마다 찍고 찍은
저 무릎 인장 두 개

내가 제 똥거름을 퍼 담는 동안에는
무릎 인장 한 번 찍지 않고
무슨 생각을 그리 되새김 되새김 하던지

## 시세대로

완두콩을 시세대로 팔고
참깨 두어 되도 시세대로 주고
고추도 밤도 시세대로 넘겼다
작년에 비해 절반 남짓한 값이지만
태풍이 없는 올해는 양이라도 많다
몸이사 고꾸라지든 말든
이래도 썩을 몸 저래도 썩을 몸

들깨도 콩도 팥도
두들기고 까불고 쳐서
시세대로 넘길 것이다
남이사 약 안 친 거라고 더 받든 말든
내가 좀 덜 먹으면 된다고

지난 장에 전어 몇 마리 사면서
장사는 많이 준다고 싱싱하다고 했지만
당최 입맛이 없어 그랑께 그냥

시세대로 담으라고 했다
마른 낙엽처럼 쭈글쭈글한 목소리로

세상에 그럴 장사야 없겠지만
하동댁은 제 팔자만큼은 절대로
시세대로 넘기지는 않을 것이다

# 일격

마당에서 노닐던 노랑턱멧새떼가
폭죽을 쏘며 공중으로 흩어졌다가
억새꽃 너머로 일제히 소멸해 갈 때

한 부석이나 될 성싶은 나뭇짐을
어긋버긋 묶어서 등에 지고 산을 내려가는
푸석한 노인의 뒷짐으로
저녁 밥상이 뜨뜻이 그려질 때

작년에 사다 심은 순비기나무가
이 추운 겨울에 죽었나 살았나
가냘픈 가지 하나를 똑 꺾는 순간
초록 눈망울이 빤히 나를 노려볼 때

작대기를 짚은 노모와
연신 갸웃갸웃거리는 자식의 동행이
매몰찬 강바람을 당당히 비켜 세우며

서로가 서로를 밀어가듯이

굽은 길 아스라이 사리며 갈 때

# 지게를 지고

사람 등에 착 달라붙어
짐이라는 운명을 더럭 지우고는
무심결에 찡한 꾸중을 한다

남의 짐까지 다 지고 가라
어서 무거운 짐을 내려놓아라

지게는 일생을 농부와 같이한다
두 다리를 뻗대어 같이 일어나기도 하는
구부정히 앉아 먼 곳을 바라보기도 하는

절간에서 합장할 때나
소원한 사이가 만나 악수를 할 때나
뒤탈이 나서 몹시 급할 때나
얼추 구부정한 꼴이다
겨운 살이 여기 다 내려놓자는 거다

수명이 다한 밤나무를 고만고만 잘라서
지게에 지고 산을 내려간다
높이 올려다볼 수도 없고
두리번거릴 수도 없고
돌부리에 채일라
땅만 보고 가자 한다

지게는
오래오래 지고 가야 할 경전經典이다

# 헛물꼬에 앉아

헛이란 대개 속이 비었거나
아무 소용이 없음을 뜻한다
그러나 농사를 짓는 사람한테는
물을 가두고 보내는 일만큼이나 알차다

온갖 농구를 보관하기 위해서는
헛간이 꼭 있어야 하고
대문이 없는 마당을 들어서면서
애써 딴전을 피우는 바깥양반의
헛기침은 방안으로 때를 정확히 알리고
몸과 마음을 바르게 고친다

초겨울 바람이 앙칼지게 부는 날
하동댁 뒤꼍 모과가 떨어졌나 하고
헛걸음을 칠 때도 다음날이면 어김없이
노랗게 잘생긴 모과 몇 개가 내 품에 안기면서
"깨져부렀당께. 멍이 들어서 쓰것는가 몰라"하면서

시르죽 웃는다

저수지나 논에는
팔 할쯤 차면 절로 넘쳐 흐르도록 만든
헛물꼬가 있다
폭설이 내리고 길이 끊기면
나는 가끔 집 앞 저수지를 한 바퀴 돌아
북풍이 내 머리 위를 휙 지나가 버리게
헛물꼬쪽으로 방향을 틀어 앉는다

동안거에 든 하아얀 저수지에
속절없이 낙서질만 해대는
실버들 늘어진 헛물꼬에 앉아
차면 비우고
차면 흘러서
다시는 돌아올 수 없는 강으로 흐른다 하여도
내 헛것을 비우고 흘러서

마른 풀잎 마지막 쓰러지는 그곳으로 가닿아
새 생명 하나 피울 수 있다면

## 똥값 배추

지난해 가을 배추값은
그야말로 똥값이었다

겨울 들판을 걷다 보면
첫선도 뵈지 못한 배추들이
밭떼기 채로 버려져 있는 것을 볼 수 있다
멀리서 보면 먹통 차고 과거 보러 가는 문어 같기도 하고
머리를 빡빡 깎은 불상 같기도 하고
두 손으로 헤집어 보면
얼음처럼 시리다

임자의 속이 노오랗게 패여 있다

저 불상 앞에
시주라도 하고 싶다

# 만수동 돌

만수동 돌은 외줄로 담을 쌓아도 무너지지 않는다 한다
그러고 보니 집집마다
외줄담 하나씩 치고 산다

만수동 돌담은 그리 높지도 낮지도 않아
뒤꿈치 반 뼘만 들어보면
바람이 쓸어놓은 마당에 햇살 노닐고
세간들도 빙 둘러 앉아 있는 것을 볼 수 있다

만수동 돌은
우둘투둘하고 둥글납작해서
심술을 부리거나
트집을 잡거나
동짓날 팥죽 쑤는 소리나
두루뭉실 돌 틈으로 새어 나온다

무료한 시간을 벌떡 한번 세워보고 싶은 충동이

누구나 있게 마련인데
그럴 때마다 나는 돌탑을 세운다
그 후로 여러 차례 태풍이 스쳤지만
외줄 돌탑은 끄떡도 안 했다

맞서려 들거나
꽃을 피우려 하거나
굳이 나서서 말하려 들지 않아도
바람의 길을 다 헤아려 들을 수 있는 귀를
만수동 돌은 가지고 있었던 게다

## 인연

밥을 지을 때는 불을 때라 하고
몸을 녹일 때는 불을 피우라 하고
너와 나 사이의 거리를 좁힐 때는
불을 지피라 한다

흔적은 불사르라 하고
낙엽은 태우라 하고
군불은 넣어라 한다

넣어둔다는 것은
아득히 피어올라서
시나브로 그리워지는 것

이렇듯 말에도 제 인연이 닿으면
모락모락 밥으로 피고
마음과 마음을 비추어
따뜻한 사랑으로 만나게 한다

# 밥봉을 보며

등짝에 배가 붙던 시절도 있었고
고봉으로 밥을 퍼던 시절도 있었지만
요즘은 고만고만한 그릇에 깎아서 담는다

마늘을 심어 놓고
휘어진 허리를 펴고 앉아
대숲 사이로 솟은 밥봉을 보면
고봉으로 밥을 들고 싶은 저녁이 있다

양푼이에 담아도 될 것을
사발을 주걱으로 다독다독
둥그렇게 높이 퍼 담았던 것은
받는 이도
주는 이도
두 손으로 공손히 들자는
그런 공양 아닐까

# 굴뚝

수직으로 서서 수평으로 길을 낸다

긴 장대를 모랫바닥에 수직으로 세워서
수평으로 배를 뻗대어 가는 사공도 있었고
매화꽃으로 가는 눈의 무게를 헤아리기 위해
소나무는 한사코 수평으로 가지를 벌리고
속으로 수천 개의 수직을 숨기며
대나무는 마침내 숲의 적묵에 들었고
허수아비는 수직으로 서서 두 팔을 뻗어
후미진 밭머리까지 가 닿는다
어두운 수평선을 쭈욱 그어가는 등대도

그런 생은 가난하거나 외롭거나 푸르거나
따뜻하거나 깃들거나

## 오솔길

여보게 자네도
오솔길을 걸어본 적이 있겠지
난 언제나 오솔길을 간다네
둘이서는 어깨가 부딪쳐 번거롭고
셋은 소란스럽지 않던가
그래서 난 홀로 간다네

난 언제나 오솔길을 택한다네
넓은 길은 빨라서 어지럽고
평탄한 길은 단조로워 지겹고
곧은 길은 영 변화가 없지 않던가
그래서 난 꾸불꾸불한 오솔길로 방향을 튼다네

여보게 자네도
오솔길을 만나본 적이 있겠지
난 언제나 오솔길이 가는 대로 따르네
새들은 건반을 두드리고

잎새들은 따닥따닥 손뼉을 치고
바위를 뜯는 개울물의 연주소리가
맑고 카랑치 않던가
그런 날이면 난 그 오솔길에 주저앉아
하루를 몽땅 까먹기도 한다네

여보게 자네도
오솔길에서 울어본 적이 있는가
한 줄기 빛의 눈부심에
생명의 환희와 경이로 가득찬
나무와 풀들의 몸짓이
왜 그렇게도 신비롭던지
그 순간 생의 매듭들이 한올 한올 풀리어
때죽나무꽃으로 맺히지 않던가
님을 향한 그리움을 하얗게 쏟아내듯이

여보게 자네

오솔길에서 무엇을 보았는가
꽃들은 제 차례를 기다려 피고
바위를 건너는 뿌리의 고행이나
꿀을 따는 벌들의 분주함이
왜 그렇게도 숭고함으로 충만해 있던지
그 순간 영혼의 문을 밀치는 빛이
얼마나 순결하던지

여보게 자네
오솔길을 걸으니 어떻던가
한길에서 멀어질수록 엄습하는
고립과 소외의 만남
어지러운 상념은 잔잔한 평화로 가라앉고
애련과 몽상의 시간들은 한 줄로 정갈히 땋아져
고요한 정적 속으로 파묻히지 않던가
애착과 집착의 혼미한 세월도
능선을 훑는 바람의 너울 속으로 휩쓸려가고

오직 망각과 고독만이
초원처럼 펼쳐지지 않던가

나무들은 불쑥불쑥 튀어나와 말을 걸기도 하고
바위틈의 꽃들은 수줍어 얼굴을 붉히기도 하고
손을 뻗어 악수를 청하는 잎새들
땅에 엎드려 고개를 들기도 하고
가느다란 몸짓으로 속삭이기도 하고
가까이 오라고 자신의 체취를 뿜어
유혹을 하기도 하고
두 팔을 벌려 애절히 부르기도 하고

생의 갈래들이 가지런히 묶여
노을 속으로 익어가고
빛이 어둠으로 깃드는 그 시간에
끊긴 듯하면서도
또 나를 이끄는 길

여보게 자네도
그런 길을 가지 않겠나
감미로운 오솔길을

# 만수동 사람들

집으로 오다가다 빈자리에 태워준 삯이
고구마가 반 포대고
탱글탱글한 달걀이 한 봉다리 묵직하다

가스통 하나 있었으면 하길래
처박혀 있던 거 메다 주었더니
시루떡이 반 시루고
논두렁 풀 꼬불꼬불 베 주었더니
팥죽이 새알 가득 한 냄비고
똥값 밤 두어 자루 실어 주었다고
찹쌀이 두어 되다

소주 살 돈 예닐곱 번 빌려주었더니
오십 년도 넘은 돌배를 마음대로 털어 가란다
쌕쌕거리는 텔레비전 목청 틔운 값은
씨고구마 대여섯 뿌리고
대밭길에서 만나면

젊은 날 보따리 싼 이야기 들어준 것뿐인데
외양간이 비어 있으니 소 한 마리 길러 보라 하고
산초밭 풀 몇고랑 베어주었더니
너댓 고랑 고사리를 꺾어가란다

따분한 참에 동네 한 바퀴 돌면
보들보들한 말 보시가 귀에 푸짐하고
법당으로 들어가 절 세 번 한 값은
차향따라 피어오르는
몽글몽글한 법문이 몇 공양이나 된다

만수동 사람들은
되로 주면 말로 퍼주지라
만수동은 참말로
수지가 맞는 동네랑께

# 어머니의 다리

뒷산 오리나무에 걸려 있는 초사흘 쪽배에
오리보다도 더 뒤뚱거리는 어머니를 태우고 간다
어둡고 긴 고샅길
죽어도 이 골목 귀신은 안 될 거라며
댓잎처럼 서럽게 흐느끼자
초사흘달도 당신처럼 울고 간다

까마득한 날을
함지박 가득 참외를 이고
시뻘건 황토물을 여름내 건너셨고
등잔불을 밝혀 천 필의 베틀을 밟으셨으며
만릿길을 맨발로 디디셨던 다리
캄캄한 세상을 이고 다섯 자식을 띠로 업은 채
운명의 멱살에 잡혀도 까딱하지 않았던 다리
몸뚱아리가 천근만근이 될 때까지
팔십다섯 아름이나 되는 생의 짐을 끌고 다니신 다리

가뭄이 든 여름밤에는
양수장 물을 십 리나 철철 끌어오시더니
불덩이 같은 자식을 안고
사십 리나 먼 읍으로 냅다 달음박질치시더니
새벽에는 리어카에 수박을 싣고 할미당 고개를
한낮에는 또 삼베를 지고 말티고개를 넘으시더니
도대체 무엇이 당신을 그렇게 억척스럽게 만들었는지

이른 새벽 샘물을 길어 머리에 이고
사박사박 감꽃을 밟고 오는 새악시 발소리는 다 어쩌고
멍석 위에 널어놓은 나락을 저으며
골을 만드는 보슬보슬한 발소리는 또 어쩌고
젖은 양말을 말리느라
부엉이가 잘 때까지 수건에 말아 밟으시던
사뿐사뿐한 맨발 소리는 이제 어디에서 들을 수 있을까
비단결보다도 더 보드랍고 무쇠보다 더 단단했던
내 우상이었던 당신의 다리

난 반드시 알아내야 한다
당신의 생이 끝나기 전에
당신과 함께 남은 생의 다리를 건너면서
당신의 다리가 왜 감가지 같은지
당신의 다리가 왜 초사흘달처럼 휘었는지
당신의 체온이 왜 오늘 이 밤바람 같은지
당신의 손을 잡으면 왜 달걀껍질 부서지는 소리가 나는지
왜 당신의 숨결은 꺼져가는 탈곡기 소리 같은지
무엇이 당신을 이토록 절뚝거리게 만들었으며
울먹이게 하고 서럽게 하고 한탄케 하는지
도대체 무엇이 당신을 열여섯 꽃다운 나이로 되돌려
눈물짓게 하는지 나는 꼭 알아내야 한다

내 좋은 당신을 내 곁에 두고
그래서 같이 살고 같이 죽는다면
내 생애에 이런 아름다운 차례가 와 주다니

이런 고귀한 선물을 다 받다니
이젠 내가 당신의 다리가 되어
한恨 많은 세상을 같이 건널 수 있다면
당신이 하셨던 모든 것을
이제는 내가 할 순서가 된다면

아, 억새풀을 닮은 당신이여
내 영원한 여인이여!

# 쟁기

이랴~

이랴~

그 소리 하나로

잠자는 대지를 깨워

만물을 생동케 하고

가자~

가자~

고삐를 쥐고

세월의 매듭을

꼬으기도 하고 풀기도 하셨다

이 쟁기 하나로

아버지는 묵묵히

일생을 갈으셨다

헛간에 걸려 있으면
행여 잊고 살까 봐
맑은 당신의 터로 옮겨
자식들에게 쉼 없이
마음의 밭을 갈아라 하는

## 당신을 닮아가기까지는
— 아버지 아흔여섯 생신날에

아이구 다리야
아이구 허리야
한평생 농사만 지으신 아버지가
밤마다 왜 그리 끙끙 앓으셔야 했던지
그걸 깨닫는 데 오십 년이란 세월이 걸렸다

봄비따라 촘촘히 시간을 쪼개고
또 가지런히 묶어 쓰는 방법을 배우는 데도
농부는 밥심으로 살아야 한다는 말을
묵정밭 쑥뿌리를 파내며
뼈가 쑤시도록 터득하는 데도
오십 년이란 긴 세월이 걸렸다

가문 날 논바닥처럼 쩍쩍 갈라진 발바닥을
여물솥에 불려서 왜 낫으로 벗겨내야 했던지
절름발이 걸음으로 고추 두둑을 만들면서
그 까닭을 알았다

너른 들을 푸르런 생명으로 세우기 위해
제 품을 다 채운 저수지처럼
비우고 채우고 또 비워야 할 때를
다 알고 계신 당신을 닮아가기까지는
또 얼마나 많은 세월이 흐르고 흘러야 할까

흙 앞에 무릎을 꿇어야 할까

# 탄가嘆歌

1.

이보게 동생아
내 말 좀 들어보게
뼈 빠지게 벌은 돈
모으면 뭐할 건가
자식놈 다 까먹고
방구석에 처박혔네
희망이 절벽이라
절벽 밑이 암흑이라
염병할 내 인생아
어디 가서 토할 건가
막걸리 한 사발에
내 팔자가 처량하네.

2.

여편네는 앙칼지고
개새끼는 방정맞고

따뜻한 밥 한 그릇
못 본 지 석 달이네
쐬주병 앞에 놓고
마누라는 꼬장꼬장
시끄러워 돌아앉으면
밥그릇도 있다 하고
놋그릇도 있다 하네
이보게 동생아
이해를 하겠는가

3.
이보게 동생아
내 말 좀 들어보게
모으면 모갯돈
풀면 푼돈이라
돈에도 발이 달려
때 되면 집 나가는데

우리집 자식놈은
발이 없나 눈이 없나
방구들 솟을까
구들이 등짝이네
지붕이 내려앉을까
천정만 보고 있네

4.
겨울 가면 물 받고
봄이 오면 꿀 따고
여름에는 지슴매고
가을에는 송이 따고
놀면은 뭐 할 건가
삼동에는 대를 치네
대장사 하는 말
내 참 기가 막혀
발로 깐닥깐닥

이것이 다발인가
굽었다 춤이 짧다
이 지랄하고 있네

5.
하늘 수박 줄기만큼
질긴 것이 목숨이고
칡넝쿨만큼이나
뻗는 것이 인연인데
이리저리 묶혀서
꼼짝달싹 못 하니
이것이 내 팔잔가
저것이 내 팔잔가
엎드린 냉이는
대한에도 청춘인데
미련한 우리 인간
꼿꼿해서 탈이 나네

6.

이보게 동생도

잘 새겨 살아가게

희망이 절벽이면

절벽 아랜 평지라네

꼬랑물도 꼬불꼬불

가다 보면 강이 있고

산들도 구비구비

뻗다 보면 들이 있네

절망인들 씻어내고

설움인들 묻어두세

오그리고 살다 보면

꽃 피는 춘삼월일세

# 2부

## 가을 햇살 한 그릇 담을 수 있다면

# 딱새

화살나무에 앉아
나를 깨우는 소리

딱 딱 딱
죽비소리

하염없이 눈은 내리고
나는 오갈 데도 없는데

파락 파락 파락
날개를 털고
화살이 되어 날아가는 소리

# 경칩

깊은 산골짜기에서

놀래 깨어난

개구리 동자승童子僧이

서툴게 불경佛經을 외는 날

# 봄

산에는
꽃버짐

들에는
풀버짐

내 마음에는
약도 없는
님버짐

# 개구리알

포도농사를 짓는다고
밤낮없이 뿔록뿔록 시끄러웠구나

## 평사리 백사장

평사리 백사장에서는
귀머거리 삼 년으로 살아도
물소리 바람 소리
다 들을 수 있을 것 같다

봉사 삼 년으로 살아도
산빛 물빛
다 볼 수 있을 것 같다

벙어리 삼 년으로 살아도
어느 뉘 가슴앓이 배앓이
다 말할 수 있을 것 같다

소란도 없고
숨김도 없고
채색도 없다

허리띠 느슨하게 풀고
흘러 흘러 가랄 뿐

여기서는 있는 것도 없는 것이고
그런 것도 아닌 것이다

# 개구리에게

너에게 물갈퀴를 끼워준 것은
이 순간을 힘차게 밀어가라는 것
잔잔한 수면에서도
가끔은 수직으로 자맥질하여
너 사는 물속의 깊이를 잊지 말라는 것

너에게 불거진 두 눈을 달아준 것은
개망초꽃 그늘로
하찮은 두려움을 숨기려 말고
아득히 먼 곳으로
네 눈동자를 반짝이라는 것

그 초록의 언덕에 풍향계를 꽂고
늪에서 불어오는 바람을
오래오래 기억하고
긴 동면의 시간을 너에게 준 것은
변신의 껍질을 문지르고 닦아서
네 영혼을 맑게 비추라는 거야

# 풀독

좁은 산길로 찬 서리가 내려오기 전에
더 여문 씨앗을 땅속에 묻기 위해
풀들은 잔뜩 독을 품고
돌배나무는 돌처럼 단단한 열매를 달고
세찬 바람을 기다리고 있었던 거다

우두둑 떨어지는 돌배들이
사정없이 내 머리통을 때리는데도
몸을 웅크리며 간짓대만 흔들어 젖혔고
풀숲을 뒤지며 돌배만 주워담았으니

옳지, 물렁물렁한 네 이놈
너도 독이 좀 올라야 되겠구나 하는 줄은
까마득히 모르고

# 쇠비름

용서마을에 갔는데
시어머니와 며느리로 보이는
두 노인이 물을 퍼대면서
쇠비름을 가꾸고 있었다

어, 쇠비름도 가꾸네 하며
그냥 지나치지를 못했는데
휘둥그레 보니 영 신통찮았다

그래, 저렇다니까
세상에, 풀을 가꾸다니
풀은 밭에서 절로절로 자라야지
뽑히고 뜯기면서 악착같이 살아야지

해거름에 들깨밭을 매면서
여름 가뭄에도 납작하게 땅내를 맡으며
토실토실 살이 오른 쇠비름을
나는 물큰물큰 뽑아 젖혔다

# 나팔꽃

해가 뜨면 나팔꽃은
잠언을 울린다
“깨어나라”
그리고는 목을 비틀어
입을 꼭 채운다

지금부터는
호올로 침묵하겠다는
대단한 고집이다

# 가을 햇살

가을 햇살 한 그릇 담을 수 있다면
날마다 들꽃 리본을 달아
우체국으로 달려가겠습니다
그대의 이름을
호박처럼 덩그러니 써서
들꽃이 시들랑께 속달로
빨간 입술 아가씨 눈이
뒤집히든 말든
우체국 화단의 뱁새들이
입방아를 찧든 말든
소포를 여는 그대의 눈동자가
눈부신 가을 햇살에
눈멀든 말든

# 가을 호수

다 흔적이었습니다

구름이 지나가는 자리
산 그늘이 내리는 자리
생명이 서걱이는 소리
바람이 쓰러지는 소리

다 집착이었습니다

그걸 깨치기 위해
호수는 말그마니 앉아
가을 하늘을 멀리 봅니다

지우는 몸짓이
보내는 몸부림이 이런 거라고
호수는
고요히 홀로 남기 위해
가을 해를 바삐 밀어냅니다

# 선창리 단풍

단풍 속으로 첨벙
뛰어들고 싶더라
어찌나 붉던지
까닭을 물었더니
이렇게 안 타고는
못 산다 하더라

단풍 속으로 홀딱
빠지고 싶더라
어찌나 곱던지
넌지시 홀렸더니
그렇게 좋거들랑
같이 타자 하더라

단풍 속으로 영원히
물들고 싶더라
어찌나 맑던지

까닭을 물었더니
가을 햇살 담으면
티 없이 맑다더라

# 구절초꽃

봄부터 가을까지 피고진 꽃들이
마침내 하나가 되어 피어난 꽃이
구절초꽃이라고 생각했습니다
가을비가
눈을 감고도 가을비 내리는 모습이
구절초 꽃잎처럼 떨어지는 언덕이었습니다
숨을 멈추어도 가을비 향기가
구절초 향기처럼 싸한 저녁 무렵이었습니다
가을비가
가을비가
귀를 막아도 가을비 내리는 소리가
구절초 꽃잎에 멎는 그런 강둑이었습니다
먼 곳에서 하나씩 세상의 불들이 켜지고
저마다 생의 하루를 잠그는 시간
구절초꽃은 가을 빗줄기에 말없이
꽃잎 하나씩 내어주고 있었습니다
뒤척이는 바람에 꽃잎 하나씩 흔들어 주었습니다

세상의 불빛에 제 빛깔 조금씩 섞어 주었습니다
봄부터 가을까지 피고 진 꽃들이
마침내 하나가 되어 저리도 서럽게 지는 꽃이
구절초꽃인 줄은 미처 몰랐습니다
구구절절한 사연으로 피었다 지는 꽃이
구절초꽃인 줄은 까마득히 모르고 살았습니다

# 겨울 섬진강에서

얼음띠를 두르고
저리 끝없이 흐르는 데는
무슨 까닭이 있겠지
입을 틀어막고
저리 싸늘히 침묵하는 데는
무슨 사연이 있겠지

마을과 산과 들과
그것이 들려주는 애환과
그 희미한 전설과
수군거리는 소문들과
아주 오래된 그리움을
속으로 속으로 품으며

젖은 생애의 목숨줄을 다 꼬아서
저리 굽이굽이 휘도는 강줄기를 만들었을까
거친 두 손 모아 수천 년 빌고 빌어

저리 마알간 강물을 만들었을까

산을 품고
하늘을 품고
태초의 바람을 잉태하고

저리 깊이깊이 흐르면 늪도 고요할까
저리 멀리멀리 흐르면 여울목도 잔잔할까

저런 물빛 내 마음눈에 담으려면
얼마나 오래 이 강가에 서야 할까

# 함박눈

내 님은 너무 수줍어
내 잠든 사이 몰래 와서
속삭이기만 했나 봐요
행여 누가 보면 어떡하나
자꾸자꾸 제 몸을 덮고 말았어요
그러다가 소복소복 그리움이 쌓여
나무마다 흰 꽃이 되었어요

내 님은 너무 깊고 아득하여
너무 눈부시고 은밀하여
한겨울 님의 뜨락에서
사무치도록 스미고파
산 아래 마을길을 발목까지 지웠어요

# 고드름

거꾸로 매달리면
그때 세상은 똑바로 보일 거라고
고드름은 예전부터 알고 있었던 걸까

까맣게 식어가는 밤
벼랑 끝에 서서
가물거리는 별빛으로도 산다면
그러면 세상이 마알갛게 보일 거라고
고드름은 예전부터 알고 있었던 걸까

북풍으로 다듬은 예리한 송곳에
푸욱 찔려 봐야겠다

적막으로 깎은 날카로운 창을
정통으로 관통해 봐야겠다

# 겨울 산길

겨울 산은 풍경이 아니라
계절이 완성해 놓은 사원이다
거리와 공간의 기막힌 여백은
시선을 수평으로 향하게 하고
나무 뒤의 나무들을
끊임없이 눈앞에 펼쳐놓는다
잿빛과 마른 향
스치어가는 소리가 소소하다

겨울 산의 나무들은
정지한 듯 보이지만 흔들리고
침묵한 듯 보이지만 외고 있다
등을 기대면 등이 시리고
안으면 가슴이 저리고
귀를 대어 보면
책장 넘기는 소리 아득히 들린다

묵념 자세로 겨울 산길을 걷는다

# 만수동 저수지

오늘은 기어이 만수동 저수지로 가 봐야겠습니다
요 며칠 혹독한 한파에
깊은 물은 속까지 얼었을 것이고
오늘은 날이 제법 풀렸습니다
이런 날이면 만수동 저수지는
그리움에 몸부림을 치고 있습니다

무엇에 감전되었길래
전율하는 비명 소리를 내는지
번개 치는 속도로 달려가
누구에게 기별을 놓으려는지
나무를 흔들며 산을 울리며
날카로운 님에게 닿으려면
얼마나 깊이깊이 사무쳐야 하는지
오늘은 기어이
만수동 저수지에 푹 빠져야겠습니다

# 부엉이의 말

시간은 쉼 없이 흘러가는 것이 아니라
누가 한 움큼씩 슬쩍 덜어가는 거라고
아침 논두렁의 오목눈이가 그랬던 것 같기도 하고
오후의 물억새가 그랬던 것 같기도 하고
일몰의 늙은 오동나무가 그랬던 것 같기도 하고

시간은 쉼 없이 흘러가는 것이 아니라
누가 한 덩이씩 뚝뚝 끊어가는 거라고
탁탁 제 몸을 치면서 타는 장작이 그랬던 것 같기도 하고
밤산을 지나던 회오리바람이 그랬던 것 같기도 하고
겨울을 이겨낸 동백꽃이 올봄에 그랬던 것 같기도 하고

시간이야 저 혼자 바삐 가든 말든
우리는 우리끼리 잔잔히 흘러가자고
초닷새달이 저 산마루에서 그러자는 것 같기도 하고
들끝에서 부엉이가 은밀하게 또 그러자는 것 같기도 하고

## 겨울 산

바람 소리
어찌나 낭랑하던지
겨울 산으로 가서
나는 알았네

나무들끼리
닿을락 말락 서서
몸 부대끼며 내는 소리를
갈잎에 쪼그리고 앉은 햇살
서로 등 비집는 소리를
나는 오들오들 들었네
훌훌 털어버리면
모든 것이, 다
바람 소리로 스치는 것을
묵언수행 중인 겨울 산에서
귀가 아리도록 들었네

# 샛강

해가 져 버리기 전에
서둘러 샛강으로 가는 이유가 있다
청둥오리가 썰매를 타다
궁둥방아를 찧었나
그 궁둥이만 한 숨구멍을 내고
그도 숨을 쉬고 싶었겠지
낮이면 살얼음을 걷고
그도 흐르고 싶었겠지

그도 꿈을 꾸고 싶은 걸까
해가 지면 또 살포시
살얼음을 덮는다

# 무적無跡

얼어붙은 저수지에
돌 하나 던져보았더니
꾹
입을 다물어버렸다

이레 만에
낮 기온이 고라니 궁둥이만큼 오르더니
쩡 쩡 쩡
맑은 겨울 해가
얼음을 지치며 달리고

청마루에 앉아 내가 쓰는 글씨는
처음부터 자꾸 흐트러지는데
저만큼에선
산그림자 물을 건너며
발자욱을 지우고 간다

## 겨울나무

새가 울면 같이 울고
바람지면 같이 지고
꽃진 자리마다
붉은 눈물 닦으며
뜬눈으로 홀로 지새우다
새 눈으로 트리라

가을비 그치고
부엉이 우는 골
낙엽진 자리마다
곪은 상처 지지며
긴긴밤 홀로 앓다가
꽃눈으로 맺히리

된서리 눈보라
맨몸으로 버티며
꼭 다문 입술마다

멍들고 부르터도

언 계곡 활짝 풀리면

맑은 귀로 들으리

# 들풀

봄

이승에 나와서 그냥 죽으란 법은 없다고
들풀은 희붐한 어둠을 털고 먼저 일어선다
바람에 맞서 온몸을 세운다
키 큰 나무가 되어 보자고
향기로운 꽃을 피워 보자고
미풍에 살랑거리는 그런 꽃그늘 드리우자고
행여 꿈엔들 그럴까
행여 천벌이라도 내릴까
들풀은 낮은 곳에 몸을 엎드려
땅에다 허리를 질끈 매고 산다
목숨이 붙어 있을 때까지
살아가 보는 거라고
한길에서 멀리 모질게 뿌리를 내리고 산다

여름

싫다고 서럽다고 마냥 퍼질고 앉아

펑펑 울고만 있으란 법은 없다고
이른 아침 들풀은 제 옷깃을 여민다
속잎을 세워 밤이슬을 턴다
사람 많은 숲으로 우거지자고
빛깔 고운 열매를 주렁주렁 달아보자고
행여 허튼수작이라도 부릴까
행여 벼락이라도 내릴까
들풀은 비탈진 언덕을 맨몸으로 붙들고 산다
베이고 뽑히고 밟혀도
바람결에 무딘 날을 갈아가며
인적 멀리 제 몸을 담금질한다

가을
긴 목숨은 아니어도
질긴 목숨으로 남기 위해
오색빛깔로 아니 물들어도
햇볕에 잘 바랜 색으로 변해가기 위해

곳간을 가득 아니 채워도
거기 그 물 흐르고 바람 많은 곳에서
흙 보듬고 소롯 앉아
지는 해 바라보기 위해
지친 날개 쉬어 갈
실한 가지 하나 뻗어내지 못해도
들풀은 납작 몸을 낮추고
풀벌레 한걸음 거리에 몸 기대고 산다

겨울
이승에 나와서 흔적없이 사라지는 법은 없다고
들풀은 찬 서리를 등에 지고
제 몸을 일으킨다
세상과의 눈부신 거리를 위해
강물은 흰 띠를 두르고
산은 깊은 계곡으로 물러앉고
나무는 제 썩은 가지를 추린다

들풀은 바람 세찬 빈 들판에서

제 몸을 부여잡고

목숨이 붙어있을 때까지

살아가 보는 거라고

하아얀 눈길에 서서

초승달 같은 생의 발자국을 찍는다

# 3부

## 나, 아직 한참 모자랍니다

# 심

눈부신 한 줄을 쓰라고
북풍이 요 며칠 빈 들에서 서성거렸구나

섣달 대한
마침내 얼음경전 한 권을 탈고한 저수지
물오리들이 낙관을 찍고
아침나절부터 펑펑 눈은 내리고
가끔 눈보라가 책장을 넘기기도 하고
밤이 되면 쪼르르 별들이 미끄러져
조용조용 책 읽는 소리가 나고

틈틈이 나도 얼음 저수지로 가서
산그림자 법문을 찾아보기도 하고
바람과 구름의 선문답도 듣곤 하는데
물에도 굵은 심줄이 있는 걸 보면
누가 백묵으로 힘주어 써 놓은 것 같기도 하여
나도 군데군데 밑줄을 쳐서
서늘히 가슴에 담아 오기도 한다

# 하얀 고무신

세월을 몽땅 씻어
섬돌 위에
깨끗이 말려 놓은
하얀 고무신

나는 딱 한 켤레
갖고 있어요

## 지는 놈들은 다 서쪽으로 간다

지는 놈들은 다 서쪽으로 간다
노을을 쫓아 혹은
상실을 찾아

뜨는 자는
봉우리를 찾아 동쪽으로 갔다
첫날부터 눈부시러 갔다

그러나 지금 나는
솟는 해보다 더 장엄한
산노루 엉덩이를 보러
눈 덮인 보리밭을 향해
서쪽으로 간다

날이 기울거든
굴뚝의 연기는 달빛으로 변하고
그 빛을 빚어 별을 굽는

그런 산골로 내사 간다

어둠에 호젓이 묻히러
서쪽으로 간다

## 죽명竹鳴

쩡

쩡

쩡

새 소릴까

산짐승 소릴까

천둥소릴까

허리가 휜 임자의 보따리를 받아들고

일흔의 샘골영감은

대수롭지 않은 듯

눈 덮인 앞산을 본다

휘어진 대나무도

제 몸을 일으킬 때

산을 울리며 운다는 것을

나는 그 영감의 눈에서
해가 다 질 때까지
서럽게 보았다

# 굳은살

나보다 부드럽거나 혹은 강하거나

그런 놈과 수만 번 마찰 끝에
드디어 굳어진 마음

가려운 등 슬슬만 긁어도
너 속살까지 시원한

한 겹 벗겨내어도
본디 내 속살은 아프지 않는

# 봄, 내 마음은

나무
가지마다 말똥말똥

시내
버들강아지 오동포동

내 마음
뜬금없이 갈팡질팡

# 꽃이 지듯이

꽃이 피듯이
사랑은 피더라
참 애터지게 피더라

잔잔한 호수를 점령하여
사랑은 어느새 번져가더라
온통 꽃빛으로 출렁이더라

꽃이 지듯이
사랑은 지더라
참 쓸쓸히 지더라

그 꽃잎 바람에 날리듯
사랑도 그렇게 날아가 버리더라
참 무심히 날아가 버리더라

단풍 들듯이

세월은 물들더라
참 여러 빛깔로 물들더라

그 단풍잎 바람에 지듯이
세월도 그렇게 지고 말더라
참 서럽게 지고 말더라

# 참외를 먹으며

엉덩이로 쓰윽 닦아서 베어 먹던
어린 시절의 참외 맛은 노오랬다
겉보다는 속이 더 달달했다

참외처럼 세상도
속이 꽉 차고 달달하기를 기대하면서
나는 삐걱거리는 원두막을 떠나야 했다

그 후로 여름철이면
어린 날을 회상하며 참외를 사 먹지만
대개는 속이 곯아서 물컹거리고
아예 속이 텅텅 비어 있기도 했으니

겉과 속이 다른 세상에
판판이 속은 것이다

세월은 흐르고

옛 참외밭으로 이젠 강물이 흐르고
옆순지르기를 잘해야
참외가 크고 좋아진다면서
초록 손톱이 될 때까지 참외밭을 가꾸시던 아버지는
이제 이승의 마지막 배를 기다리고
어린 시절의 참외밭이 몹시도 그리워
나는 기어코 참외를 심고

내가 기른 참외를 먹으며
겉과 속이 같은 노오란 참외를 가꾸는데
그렇게도 긴 시간이 흘러갔구나

텃밭의 참외는
이 밤도 달달한 꿈을 꾸고 있다

# 소나기에 대한 회상

따분한 여름 오후에 받은 최고의 선물
들로 산으로 풀을 먹이러 소고삐에 질질 끌려가지 않아도 되는 것
수문 아래에 대발을 쳐놓고 붕어가 걸려드는 것을 통쾌하게 바라보는 것
세상으로 내모는 어른들의 채찍을 소나기만큼만 피해 가도 문제가 되지 않는 것
후미진 논배미까지 애타게 참새를 쫓으러 가지 않아도 되는 것
원두막에 앉아 '호밀밭의 파수꾼'을 소리 내어 읽어도 되는 것
그 아이 얼굴이 참외같이 환하게 열리는 것
아버지가 밖에서 저녁을 드시고 오신 날
그 하얀 쌀밥보다도 더 기분 좋은 선물

# 낫을 갈면

숫돌에 낫을 갈면
풀에게로 다가가서
풀냄새를 맡으며
한 아름 소꼴을 하고 싶다는 거지
군불을 넣을 땔감을 만들고
여물게 곡식을 거두어서
따뜻한 밥을 짓겠다는 거지

고랑으로 두렁으로
햇빛과 바람의 길을 틔우듯
행과 행 사이로
두 생이 푸르러 드나들게
눕고 무딘 날을 날카롭게 깨우는 거지
내 안의 뭉퉁한 연장들이
시퍼렇게 날이 서는 걸 느끼는 거지
숫돌에 쓱쓱 낫을 갈면

# 거미줄

거미에게는 꽤 멀다 싶은 거리를
횡단해 쳐놓은 거미줄에 걸릴 때마다
어떻게 저 허공으로 거미줄을 쳤을까
그게 늘 궁금했다

잎사귀에 매달려 그네를 탔을까
똥구멍으로 밥줄을 쏘아서
목표물에 명중시켰을까

동행하는 이의 대답도
내 상상을 크게 빗나가지는 못했다

나이 오십 줄을 건너가면서
그렇게 궁금하던 거미줄에 대해
나는 더이상 누구에게도 묻지 않기로 했다

보이지 않는 그러나 가끔

섬광처럼 번쩍이는 줄이
그대와 내 어깨에 걸쳐져 있듯이

나는 여기서 그리고 그대는 거기서
그 모든 상상을 뛰어넘는
생의 경이로운 줄을 치며
우리가 살아가듯이

## 열대야 현상

오늘 밤에도 열대야 현상이 계속될 거라고
열대어 같은 아나운서가 말했습니다

술병도
고뇌도
사랑도
흔들리는 것들은 모두 차렷

강아지풀은 내 다리에다
초승달은 내 머리에다
쉼표를 쿡쿡 찍는데
이게 혹시 요즘의 내 열대야 현상이 아닐까
집으로 돌아오는 내내 움찔움찔했습니다

## 소낙비

바람으로 기별하고
번개로 스치우고
어쩌다가
어쩌다가
천둥을 품은

어차피 오실 바에는
그런 소낙비로 오신다면

미처 파아란 하늘을
거둘 겨를도 없이

이왕에 가실 바에는
그런 소낙비로 가신다면

# 메아리

멀리서 부르면 저 멀리서
다가가서 부르면 아주 가까이서
애타게 소리쳐 부르면
내 귓전을 맴도는데
분명 나를 기다리고 있는 듯한데
뭔가 말을 할 것도 같은데
영영 대답이 없네
묵묵부답이네
깊은 산골 영감이 꽉 붙들고
놓지를 않네

# 감 홍시를 따면서

어린 시절 내 다리를 목발로 만들더니
이웃집 종환이 형의 목뼈까지 부러트리고
뒤꼍에 감나무가 많던
내 어머니 다리가 감가지를 닮아갈 때만 해도
너무도 잘 부러지는 감나무를
참 많이도 원망했다

주인도 맘 놓은 감 홍시를 따면서
저리도 붉은 생명을
툭툭 잘도 꺾어주기 위해
여리디여린 목숨으로
한 생을 버텨내는구나

오십이 훌쩍 넘은 나이에
괜스레 내 얼굴이
홍시 빛으로 살짝 달아오르더니
스무 자가 넘는 간짓대는
자꾸 허공만 꺾고 있었다

# 비 설거지

일기예보를 모르던 시절에는
저무는 석양이나 달무리로
내일의 날씨를 점치곤 했다

갑자기 바람이 눅눅해지거나
멀리서 번개가 치고 천둥이 울리면
산길로 종종걸음을 쳐보지만
다 말린 곡식이 비를 맞기가 일쑤였다

제16호 태풍 말라카스는
일본 열도를 따라 북상할 거라는 보도가 엊그제였지만
그러나 인간의 예상은 자주 빗나가는 법
먹구름이 계족산으로 모이기 시작하며
참깨를 털고 고추를 들이고
황토방 청마루에 걸터앉는다

생의 하루하루도

이렇게 잘 털어 안으로 거두어놓으면
한 사나흘 쏴쏴 소나기가 퍼부어도 좋으련만

# 방아 찧는 날

오늘은 서마지기가웃
방아를 찧는 날

올해 처음으로 지은 벼농사지만
수확이 남부럽지 않다
내 이름자 적은
서른일곱 가마니를 보고 있으면
나는 자꾸자꾸 파아란 가을 하늘을 난다

비바람 햇빛 그리고
위아래 농부들의 참견으로
쌀 열두 가마에
왕겨 등겨 싸라기까지
소중한 덤을 얻었다

식물도
동물도

사람도
공평하게 나누어 먹으라는
나락의 분신공양

하루종일 콩닥콩닥
내 마음까지 찧는 날이다

# 똥

집안에도 화장실이 있거늘
삼동에도 굳이 뒷간으로 가서
볼일을 보는 데는 이유가 있다

똥을 버리기가 아까워
거름으로 만들어야 되겠다고
통풍과 전망을 요모조모 따져서
대나무를 엮어서 만들었다

대나무를 타고
찔레꽃이 피는 오월에는
똥에서도 찔레 향이 난다

겨울에는 똥이 산을 만들고
봄이 되면 산이 뻘로 변하여
그 속에 생명이 꿈틀거린다

산의 색깔을 보고
산의 향기로 숨 쉬면서
내 산의 그림을 꿈꾸며

이 엄동설한에도
엉덩이를 까고 뒷간에 앉아
나는 똥을 싼다

## 땔감을 하면서

땔감을 해보면
단단한 놈, 무른 놈, 질긴 놈, 뻣뻣한 놈
색깔도 가지각색이다
거무튀튀한 놈, 푸르스름한 놈, 누르끼리한 놈

물버들, 뽕, 매화, 산초, 밤, 때죽나무, 버드나무
뽑혀 섞여 있는 더미 속에 앉아
말라서 죽어가는 나무 냄새를 맡는다

흔들리면서도 한 번도 멈추지 않는 길

꽃이 이쁘든 못났든
세상으로 내디딘 몸짓이 곧든 휘었든
나무는 똑같은 걸 하나씩 숨기고 있었다

부드러운
心

# 묵향默香

솔가리 한 짐 가득 지게로 져다 놓고
목난로 지펴 앉아 차 한 잔 달였더니
솔향인지 다향인지 가를 이 없어 좋다

# 메주를 만들며

콩 여덟 되를 한나절 푹 삶아서
메주 일곱 덩이를
우리 어머니가 그랬듯이
구수한 홀수로 만들었다

빈 하나를 채우기 위해서가 아니라
남는 하나를 비우기 위해서
님을 섬기며
님에게 드리고자

오후의 잔광이
잠시 빈자리에 머물다가
순식간에 꽁무니를 뺀다

여보, 당신이 저 자리에 앉으면
향긋한 짝이 되겠소

나, 메주 한 덩이만큼 되려면
아직 한참 모자랍니다

## 심심해서

산길을 올랐습니다
툭툭 나무를 차보기도 하고
돌을 건드리기도 하고
수북이 낙엽을 헹가래 칩니다
그루터기에 삐딱하게 앉은 햇살
그 옆에 엉덩이를 삐집고
멍하게 앉아도 보고
고함을 지르며
나무들을 벌벌 떨게도 하고

길을 버리고 숲으로 들어가자
넝쿨들이 내 발을 걸고
나뭇가지들이 내 옷을 붙들고
낙엽은 나를 미끄러뜨립니다
이것들을 다 찝쩍거리기도 하고
그냥 그냥 구슬리기도 하면서
오후 내내 산에서 놀았습니다

## 심심해서

## 그저 그럴 수만 있다면

이 깊은 정적을 차마 견딜 수가 없거든

꼬리를 치며 다람쥐는 울어도 되는 것이다
까치는 하모니카를 불어도 되는 것이다
뻐꾹새는 시각을 알려도 되는 것이다

모두가 숨죽인 이 공간
차마 몸서리치거든

물고기는 저 호수를 튀어 올라도 되는 것이다
물오리는 물 위를 뛰어가도 되는 것이다
그림자를 찍어놓고 비둘기는 날아도 되는 것이다

그저 가끔씩만 제 생의 이유를 알리고
가만히 돌아앉는 고요

그저 그럴 수만 있다면

# 적설량

간밤의 적설량이 팔 센치
내 그리움의 양이다

적설량으로 그리움을 재어본다
폭폭 눈이 내릴수록
그리움도 소복소복해지거늘
가슴까지 눈이 내리면
그리움에 어찌 헤어나라고
머리까지 푹푹 눈으로 덮으면
내 어찌 그대를 그리워하라고
내 어찌 그대를 잊으라고

지금까지 아무 일도 없었다는 듯이
간밤에는 내 발목까지 눈이 내렸고
내 그리움도 그만큼 쌓였다가 녹아버릴 테고

# 솔바람

나는 밤나무 삭정이를 추리고
계족산 햇살은 깊은 골 하나씩 지우고
나는 짬짬이 장구목에 앉아
솔바람소리를 듣는다

산골의 하루는 하도 적막하여
해껏 나뭇가지 서너 짐 추리면 가고
설핏한 산빛따라 흐르며 지지

산그늘 비운 자리 오롯이 앉아
솔바람에 귀 씻으며 살지
마음터 한결로 쓸며 살지

## 과거

그것은 잃어버리기 쉬운 물건이지

잃었다고 크게 실망도 낙담도 않지

그냥 조금 아쉬워하지

지갑보다도 더 가치 없고

떠나간 사랑보다도 하찮고

내일 있을 약속보다도 더 변변찮은 것

사람들은 낡은 것을 덤프질하고

새로운 것을 펌프질하지

잃어버린 시간을 펌프질하는 것은 정말 힘들어하지

사람들은 흘러가는 것을 싫어하지

거슬러 올라가는 것은 정말 싫어하지

안락의 섬에 정착하기를 좋아하지

회상의 늪으로 빈 배를 헤쳐가면

덤불 속에 꽃씨 하나 흐르는 것을 모르지

들끓는 우주가 있다는 것은

아예 잊고 살지

## 폭설

산은 명상 중
나무는 묵념 중
바람은 순례 중
새들은 방황 중

엎치락뒤치락
강물은 열애 중

내 그리움은 몰래
가출 중

## 군말

취 녹차 감잎 쑥부쟁이 뽕잎
무릇 잎이란 잎은
마르면 그 무게가 십 분의 일로 줄더라

시래기는 차라리 눈보라를 맞으며
제 육신을 거꾸로 비틀어버리더라

비움을 향한 저 놀라운 수행법

얼어붙은 겨울 강에 목마르게 선다면
내 입의 군말들
저 강물 속으로 흘려보낼 수 있을까

# 시평

# 만수동 돌의 노래

전광호(知音, 부산대 교수)

2천 년대 초 어느 가을, 한가위 달이 거의 차오르던 무렵, 수십 년 묵은 눅눅한 흔적이 어둠에 실려 멀리 떠났다. 남루한 달빛이 반들반들해진 낡은 길을 밤새도록 지우고 또 지웠다. 그렇게 도시를 떠나 백운산 자락, 만수동에 깃든 지 15여 년. 윤기 잃은 흔적 위로 희미하게 새 길이 생겨났고, 비로소 시인의 시도 껍질이 터지고 속살이 돋아났다. 한 해 한 해, 시인이 길러낸 언어들이 이제 날개를 달았다. 이주 초기의 낯섦과 외로움이 절절히 묻어나는 시어詩語들이 있고, 정착단계에서 토박이 노인들과의 교감에 농사의 이치를 깨우치는 노래가 있다. 마지막으로 세상의 시비是非를 털어버리자고 섭리를 읊조린 주문呪文까지 모아놓았다.

## 전반생前半生을 정리하며

이 시들은 초목에 기대어 인간이 저지를 수 있는 일을 최소한으로 범하고 사는 한 범부凡夫의 삶에 관한 노래이다. 생명을 유지하기 위한 기본적 욕망을 빼고 나면 산천초목만 남는 그런 삶의 고백이고, 나지막이 웅얼거리는 생명타령이다. 밭을 일구고 나무를 가꾸다가 때가 되면 자연스레 콩대를 매고 익은 감을 따듯이, 시인이 이들 시어를 수확하기까지 황량한 들판에 길드느라 고통스런 나날을 보내야 했다. 외롭고 낯선 땅. 유배생활의 심경이 이주 초창기 시에 자주 나타나는 것도 이런 연유에서이리라.

청춘과 중년을 소진한 도시에서 남은 거라곤 쇠잔한 몸 하나. 우선은 어지럽던 과거 삶을 정리하는 일이 큰일이었다. 인연의 단절에서 오는 고뇌가 일종의 금단현상처럼 상처를 쉽게 아물지 못하게 한다.

꽃이 피듯이
사랑은 피더라
참 애 터지게 피더라

잔잔한 호수를 점령하여
사랑은 어느새 번져가더라
온통 꽃빛으로 출렁이더라

꽃이 지듯이
사랑은 지더라
참 쓸쓸히 지더라

그 꽃잎 바람에 날리듯
사랑도 그렇게 날아가 버리더라
참 무심히 날아가 버리더라

단풍들 듯이
세월은 물들더라
참 여러 빛깔로 물들더라

그 단풍잎 바람에 지듯이
세월도 그렇게 지고 말더라
참 서럽게 지고 말더라

–「꽃이 지듯이」 전문(2003년 5월)

'생면부지의 대지로 떠난다는 결심'은 '정든 것을 모두 등진다는 의지'와 밀접하게 얽혀있다. 그러나 막상 '떠남'과 '유입'이 감행되고 난 뒤에도, 과거 생활은 잔상처럼 머리에 떠돌기 마련이다. 수십 년 동안 알았고, 사랑했고, 부대꼈을 인연이 시나브로 눈앞에 어른거리는 것은 어쩔 수 없는 것. 머리를 흔들고, 몸서리를 치면서 애써 지우려고 다짐을 해봐도, 사랑했던 사람들의 모습은 더욱더 악착같이 기억에 달라붙었을 터였다. 더구나 온 산천이 뭇 새소리와 꽃들로 춘심春心을 자극하거나, 가을비에 우려낸 단풍 붉은색이 소슬한 계곡물을 물들이는 절기라면 그 고문은 극에 다다랐을 것이다. 논두렁에서 만난 한 송이 워추리 꽃에 옛사랑이 숨어있고, 계곡물에 떠가는 단풍잎에 낯익은 얼굴이 어른거리는 심사.

마음 한편에는 떠날 때의 초심初心을 다잡자는 결의 또한 가득해서, 시인은 그 에너지로 초기 정착생활의 많은 부분을 꾸려갔을 것이다.

다 흔적이었습니다

구름이 지나가는 자리
산그늘이 내리는 자리
생명이 서걱이는 소리
바람이 쓰러지는 소리

다 집착이었습니다

그걸 깨치기 위해
호수는 말그마니 앉아
가을 하늘을 멀리 봅니다

지우는 몸짓이
보내는 몸부림이 이런 거라고
호수는
고요히 홀로 남기 위해
가을 해를 바삐 밀어냅니다

–「가을 호수」 전문(2003년 11월)

이 시의 화자는 "흔적"과 "집착"이라는 시어로 이주 이전의 생활을 정리하고 있다. 과거의 "흔적"에 생각이 가는 것이 집착이요, 이미 쓸데없으니 지우자고 작심을 했지만 향수에 젖는 것이 집착이요, 미련도 없건만 옛 인연을 떠올리는 것도 집착이렷다. 시인은 "흔적"이라는 창고에 가둬진 자신의 지난 삶을 "호수"에 대입하여 노래하고 있다. 있는 그대로를, 비치는 그대로를 비추는 호수는 시시각각 일어나고 생겨나는 것을 담근다. "흔적"만을 줄곧 잠그는 것은 호수가 할 역할이 아닌 까닭이다. 과거 저기가 아닌, 지금 여기를 비추는 것이 호수라면, 시인의 호수 역시 시인의 전반생前半生이 아닌 후반생後半生을 비추는 거울이 되는 것이다. 그것도 "가을 호수"에. 봄과 여름처럼 산만하고 격정적인 호수도 아니고, 표면이 얼어버려 투명함이 금속성에 가둬지기 전의 가을 호수에서 각오를 다진다.

하지만 시인에게 반평생의 지분을 가진 전생에 대한 미련은 집요해서 쉬이 물러서지 않는다.

…
술병도
고뇌도
사랑도
흔들리는 것들은 모두 차렷
…

–「열대야 현상」 부분(2004년 8월)

산골 정서에 덜 어울리는 시 제목도 그런 데다, 어느새 적적한 외로움은 두고 온 세상의 정분을 다시 불러들인다. 한여름에도 사무치는, 산골의 외로움은 늦가을이 되면 몸서리칠 정도가 된다. 늦 "가을비"와 "구절초 꽃"은 그런 상념에 빠지고 마는 시인에게 좋은 핑곗거리이자 위안거리이기도 하다.

…
가을비가
가을비가
귀를 막아도 가을비 내리는 소리가
구절초 꽃잎에 멎는 그런 강둑이었습니다
…
구구절절한 사연으로 피었다 지는 꽃이
구절초 꽃인 줄은 까마득히 모르고 살았습니다

–「구절초 꽃」 부분(2004년 10월)

싸늘한 가을비에 젖고 있는 구절초 꽃과 같은 몰골로 그 꽃을 보고 서 있는 시인. 막막한 "강둑"에는 온통 차가운 늦가을 비가 장막을 두르고, 암울한 하늘 아래 있는 것이라고는 시인과 마주하는 구절초 꽃뿐. 그 둘은 "구구절절" 사연도 같다. 이 정지된 순간에 그 둘은 감정이입의 단계를 넘어 동병상련에 아픈 일심동체의 경지에 다다른다. 옛 정분에 대한 미련은 그만큼 악착같아 보인다.

새로운 세상에 전념하기란 쉽지 않은 데다, 그것은 지난 생활의 중독을 완전히 벗어나야 가능하기에 오락가락하는 습관성을 처절하게 치유하는 시인의 다짐 또한 중요하다.

이 깊은 정적을 차마 견딜 수가 없거든

꼬리를 치며 다람쥐는 울어도 되는 것이다
까치는 하모니카를 불어도 되는 것이다
뻐꾹새는 시각을 알려도 되는 것이다

모두가 숨죽인 이 공간
차마 몸서리치거든

물고기는 저 호수를 튀어 올라도 되는 것이다
물오리는 물 위를 뛰어가도 되는 것이다
그림자를 찍어놓고 비둘기는 날아도 되는 것이다

그저 가끔씩만 제 생의 이유를 알리고
가만히 돌아앉는 고요

그저 그럴 수만 있다면

–「그저 그럴 수만 있다면」 전문(2004년 4월)

시 제목이 말해주듯이, "그저 그럴 수만 있다면", 시인은 "다람쥐", "까치", "뻐꾹새", "물고기", "물오리", "비둘기" 등, 이웃의 친근한 동무들이 그러하듯이, 자신도 처절하게 "정적"과 일체가 되고자 한다. 동물들의 행위가 자연 그 자체임은 당연지사. 주위의 구성원들이 '그들 삶'에 녹아있듯이, 자신 또한 '이들 삶'에 동화되기를 간절히 바란다. 그 간절함으로 시인은 동무들의 자연스런 행위에 자신의 절박함을 이입移入하고 만다. 여기에 지나간 얼굴들이 끼어들 여지는 없다. 어지러운 생활을 청산한 자리에 초연함과 단순함을 정착시키려면, 새 세상의 구성원들이 자연스럽게 당연히 살아가듯이, 시인도 사력을 다해 그들을 닮아야 한다는 심경이 읽힌다. 때로는 "깨어나라"라고 한마디 내뱉고는, "목을 비틀어/ 입을 꼭 채우"는(「나팔꽃」, 2004년 7월) "나팔꽃"의 자세를 부러워한다. 초기의 절박한 결의가 '다짐'과 '가정'의 결속으로 표현되고 있다.

## 풀과 나무, 땅과 물과 정분을 쌓으며

지리멸렬한 삶을 떨치고 빠져나올 때, 낯선 곳에 가서 낯선 사람을 만나 즐겁게 살겠다는 생각이 앞서지는 않는다. 그 희망으로 떠나지도 않는다. 무엇보다 낡은 벽지를 '확' 걷어치웠다는 시원함이 지배적이고, '홀로' 남겨진다는 쓸쓸함이 심경의 나머지 여백을 채울 때가 많기 때문이다. 터전의 이동을 감행한 뒤로, 시인에게도 이 '확'과 '홀로'가 심사心思의 대부분을 차지했던 것 같다.

그렇다고 해도 무주공산無主空山에 틀어박혀 살 작정이 아닌 바에야, 천성적으로 사람을 좋아하는 시인에게 새 인연은 자연스런 일일 것이다. 더구나 주위 사람들이 좋아하는 데는 그만한 기질을 가졌기 때문일 것이다. 시인이 뿌리 못 내린 떠돌이에서 어엿한 정착민으로 태도가 변화하는 데는 농사만 한 것이 없다. 농사야말로 절기와 절기, 올해와 내년이 맞물려 돌아가야 하고, 이웃과 상부상조가 절실하다. 더구나 농사입문자라면 더할 나위 없다.

무논 앞에 무릎 꿇고
두 팔 둥글게 뻗어 큰절하고
말랑말랑한 흙 두 손으로 감싸 안아
한 해 동안 허물어진 논두렁을 붙인다

…

–「논두렁 붙이기」 부분(2010년 6월)

농사는 "한 해" 만에 끝날 일도 아니므로, 농사만큼 지속성을 가지는 일도 없다. 지속성은 개인에게 공동체 구성원이 되기를 강요한다. 구성원의 필수요건이기 때문이다. 작년에 짓던 논을 보수하는 행위가 시인의 현재 위상을 말해준다. 시인에게 농사는 그냥 양식이나 장만할 요량으로 하는 일이 아닐 것이다. 그에게는 산골로 들어올 때의 초심과 연관이 있다. 시인에게 농사일은 초심을 다지고 굳히기 위한 수행과 같다.

그래서 농토는 "수백 번이나 큰절을 하고/ 무르팍 속까지 질푸른 풀물이 들고/ 유월의 태양에 등이 붉게 익은 오체투지"를 행하는 "흙빛의 평평한 법당"이 되는 것이다. 시인은 농사를 통해 이주한 공동체의 일원으로 거듭난다.

시인의 건강한 농사일은 「만수동 사람들」에서 도드라진다.

집으로 오다가다 빈자리에 태워준 삯이
고구마가 반 포대고
탱글탱글한 달걀이 한 봉다리 묵직하다
…
논두렁 풀 꼬불꼬불 베어주었더니
팥죽이 새알 가득 한 냄비고
…

외양간이 비어있으니 소 한 마리 길러보라 하고
산초밭 풀 몇고랑 베어주었더니
너댓고랑 고사리를 꺾어가란다
…
만수동 사람들은
되로 주면 말로 퍼주지라
만수동은 참말로
수지가 맞는 동네랑께

－「만수동 사람들」 부분(2011년 12월)

공동체의 속살, 그 일원으로서 살아온 자세가 고스란히 녹아 있는 시이다. “만수동”은 외지인의 눈에 흔히 말하는 ‘탐할만한 게’ 없는 곳이다. 그들의 구미를 당길만 한 땅덩어리가 있는 곳도 아니고, 도시 사람들이 입맛을 다실만 한 전원주택이 들어설 곳도 아니고, 투자가들이 펜션으로 재미를 볼만한 풍광이 멋진 곳도 아니다. 교통은 어떻고. 시인이 왔을 무렵만 해도 두메산골이나 다름없는 곳이었다. 그 마을 토박이들만이 대대손손 뿌리를 내리고 사는 동네이다. 이런 후미진(?) 만수동에 시인이 곁가지를 뻗었으니, 유사 이래 일대 사건이자 평생 이물질(?)로 유리되어 살아야 할지도 몰랐다. 거기다 마을 인구는 중늙은이 몇몇에 노인들이 주류를 이루고 있다. 이 퇴락한 공동체에, 시인은 무작정 편입하거나 고립을 자초하지 않았다. 그들에게 먼저 마음을 내어준 결과가, 시인의 유머를 빌리자면 결국 “수지가 맞는” 일이 된 것이다. 물론 이 “수지” 중에도 토박이들의 동일체로 인정받았다는 무형의 수확이 가장 뿌듯할 것이다.

토박이와 다름없게 된 시인에게 만수동은 이방인으로서 본 만수동과는 사뭇 다르다. 그 동네를 껴안고 사는 시인의 그림자가 온전히 투영되는 땅이 되었기 때문이다.

…
맞서려 들거나
꽃을 피우려 하거나
굳이 나서서 말하려 들지 않아도
바람의 길을 다 헤아려 들을 수 있는 귀를
만수동 돌은 가지고 있었던 게다

–「만수동 돌」 부분(2012년 1월)

가난한 만수동 언덕 동네에도 풍부한 것이 있으니, 뒷산에서 굴러 내려온 돌이다. 가진 것 없는 주민들은 그 돌로 벽을 쌓고, 담도 둘렀다. 그 돌들은 만수동의 가난을 함께하고, 희로애락을 지켜보며, 죄다 늙은 주민보다 갑절도 더 늙었다. 만수동 옆구리에 엎드려 숨죽이듯 살아가는 늙고 초췌한 주민들보다 더 자연의 이치를 이해하고 따른다. 시인도 그 돌 틈에서 눈뜨고 잠든다. 그래서 그 돌들은 만수동의 산 증인이다. 아니 만수동 그 자체이다.

그런가 하면, 시인이 결코 잊지 말아야 할 자세는 떠남을 결행

했을 때의 초심이다. 허허벌판에 홀로 선 심정으로 사사로운 인연이랄까, 감정의 군더더기를 제거하는 것이 아니던가. 그런 시인에게 세상은 거꾸로 보아야 비로소 보이는 뒤집힌 모습으로 변해갔다.

거꾸로 매달리면
그때 세상은 똑바로 보일 거라고
고드름은 예전부터 알고 있었던 걸까

까맣게 식어가는 밤
벼랑 끝에 서서
가물거리는 별빛으로도 산다면
그러면 세상이 마알갛게 보일 거라고
고드름은 예전부터 알고 있었던 걸까

북풍으로 다듬은 예리한 송곳에
푸욱 찔려 봐야겠다

적막으로 깎은 날카로운 창을
정통으로 관통해 박아야겠다

–「고드름」 전문(2008년 1월)

"고드름"은 모든 가치가 뒤바뀐 세상에 대한 관찰자 겸 산증인이다. 시인은 고드름을 통해서 세상을 보는 데 그치지 않고,

자신 또한 그 사회의 일원으로서, 혹은 공범으로서 고드름의 통찰력 앞에 가슴 쓰라려한다. 마지막 행 "적막으로 깎은 날카로운 창을 정통으로 관통해봐야겠다"는 의도는 고드름의 추상같은 나무람을 기꺼이 받아들이겠다는 자세이다. 고요히 살되 습관에 젖지 말고 '깨어있자'라는 결기結己가 느껴지는 시이다.

### 비우고 내어주는 노래

제대로 늙는 사람들이 으레 그렇듯이, 나이 들면서 귀가 유순해지고 마음이 가벼워지고 머리가 맑아야 어딜 가나 나잇값을 쳐줄 것이다. 최근에 와서 시인의 자세도 이와 별로 다르지 않은 것 같다. 첫 번째 징후가 고집이 사라지고 있다는 것이다. 고집을 다스린다고 하는 것이 정확한 표현이겠으나, 날이 갈수록 움켜잡을 집착이 옅어지고 있다. 받아들이고 비우는 자세에 억지스러움이 끼어들 여지가 별로 없는 까닭이다.

사람 등에 착 달라붙어
짐이라는 운명을 더럭 지우고는
무심결에 찡한 꾸중을 한다

남의 짐까지 다 지고 가라

어서 무거운 짐을 내려놓아라
…
지게는
오래오래 지고 가야 할 경전經典이다

－「지게를 지고」 부분(2013년 1월)

수행하는 자세로 농사일을 하던(「논두렁 붙이기」) 시인에게 지게 일은 그 자체 온전히 수행이 된다. 시인의 등에 달라붙은 지게는 업보 자체이므로 받아들일 수밖에 없다. 이 순순한 태도가 준비되었을 때, 지게는 다시 가르친다. '마음의 짐은 다 내려놓되, 이웃의 짐은 되레 지고 가라고.' 시인은 지게의 섭리를 체득하고 있다. 그러므로 시인에게 수행을 부추기는 지게는 두고두고 되새겨야 할 "경전"이 되는 이유이다.

'받아들이기'와 비슷한 시인의 자세는 '비우기'이다.

헛이란 대개 속이 비었거나
아무 소용이 없음을 뜻한다
그러나 농사를 짓는 사람한테는
물을 가두고 보내는 일만큼이나 알차다
…
팔 할쯤 차면 절로 넘쳐 흐르도록 만든
헛물꼬가 있다
…

차면 비우고
차면 흘러서
…
내 헛것을 비우고 흘러서
마른 풀잎 마지막 쓰러지는 그곳으로 가닿아
새 생명 하나 피울 수 있다면

–「헛물꼬에 앉아」 부분(2013년 1월)

시인은 비우는 것이 중대한 일임을 말하고 있다. 움켜쥐는 것에 대한 경계를 넘어, 욕심 자체가 '헛것'임을 강조한다. 마음속에 '헛것'을 가득 채우는 행위는 수행의 대척지점에서 맴돌기일 뿐. '헛것'을 알고, 그것을 비우는 행위는 살아온 역경逆境을 바로잡는 기회. 그 자체로 수행이 경지에 이르게 될 것이다. 몸과 마음이 가벼워지고 머리가 해맑을 때, 순경順境의 길이 열릴 것이다. 시인은 그런 경지를 꿈꾸고 있다.

시인은 그런 경지를 애꿎게도 개구리에게 독려하고 있다.

…
긴 동면의 시간을 너에게 준 것은
변신의 껍질을 문지르고 닦아서
네 영혼을 맑게 비추라는 거야

–「개구리에게」 부분(2013년 8월)

개구리에게 겨울잠은 숙명이자 긴 시련의 시간이지만, 시인은 그 기간을 수행하는 기회로 삼는다. 봄, 여름, 가을, 좋은 시절 다 보내고 말년만이 남은 인생을 비교해보라. 동면冬眠 같은 노년을 제대로 보낼 수 있다면, 봄이라는 보상이 개구리에게만 기대될 것인가. 거기에는 '받아들이기'와 '비우기'라는 수행이 전제된다는 것.

말년(?)이 곧 노숙老熟의 경지에 이르는 길이 아닐지라도, 시인은 부쩍 그런 경지를 노래한다.

> …
> 시간이야 저 혼자 바삐 가든 말든
> 우리는 우리끼리 잔잔히 흘러가자고
> 초닷새 달이 저 산마루에서 그러자는 것 같기도 하고
> 들끝에서 부엉이가 은밀하게 또 그러자는 것 같기도 하고
>
> –「부엉이의 말」 부분(2014년 12월)

전반생을 정리하고 새 터전에서 십수 년. 수행하듯 살아온 시인은 초월한 듯 아니한 듯, 자연의 암시를 간파한 듯하다. 자신의 내부에 새로운 자연의 리듬을 세운 것 같기 때문이다. 분별심의 촉수를 제거했으니, 세상일을 여여如如하게 받아들이겠다는 뜻이 전해온다.

시인에게 궁극적인 자세는 모든 것을 내어주려는 '보시'가 아닌지 모르겠다.

제 몸을 자르는 놈에게
하얀 쌀밥까지 보시하고
도끼에게는
푸른 허공까지 쪼개어주더니
이제는 아궁이 앞에 착착 포개 앉아
따뜻한 터널행 차표를 기다리는
저 평온한 불상

–「장작더미」 전문(2015년 12월)

다 비우고 내어주어 더는 줄 것이 없을 때, 육신공양을 하던가. 시인은 장작더미에서 완전한 인격체를 발견한 듯하다. 시인이 꿈꾸는 것이 최후의 공양이라면, 시인의 이상향은 부처로 꿈꾸기인가, 아니면 부처의 꿈인가. 누가 이상향은 꿈속에만 있다고 했던가. 시인에게 시창작의 지향점이 이상理想에 있다면, "저 평온한 불상"은 언어로 포장된 시인의 꿈이라는 것을 인정해야 할 것이다.

# 고행의 느린 산보散步

이원식(知音, 무림의 고수)

예술은 내재적이면서 초월적이다. 작가의 삶과 유관하지만 무관하다. 작품은 작가의 삶의 산물이지만 일단 발표되면 독자의 몫이 된다. 작가의 삶을 떠나 독자의 해석 속으로 이동한다. 작가의 삶은 독자의 해석 속의 삶이다. 그러니 나의 해석도 전적으로 나만의 해석이다. 나의 친구를 생각하며 그린 나의 그림이다. 주된 근거는 '텍스트'다. 일종의 독후감이다. 누군가, 언어라는 것은 그것이 서술하려는 대상과 다를 때만이 오히려 대상을 충실히 반영하는 것이라고 했다. 이 글도 그 역설에 기댄다. 시의 기법이나 경향은 말하지 않았다.

시대도 변하고, 인생도 변한다. 시詩라고 해서, 시대와 시대를 산 한 인간의 산물일진대 어찌 변하지 않으랴. 시인의 친구로서 시인의 삶을 떠올려 보면, 그의 시도 변해왔다. 나는 그 과정을 구도求道의 과정이라고 분별한다. 도가 무엇인지 알 수는 없으나 누구에게나 살아가려는 방향은 있다. 시인이, 서로 살겠다고 왁

자한 도시를 떠나 구례 거기 어디에 정착하기까지의 외견상 과정은 얼핏 보면 도피다. 하지만 그것은 다분히 의도된 도피다. 그 정착 과정에서 보면 그가 살아온 삶에 대한 반추, 그가 살아가는 지금, 그가 꿈꾸고 물려주고픈 세상이 같이 흐른다. 그런 마음의 변화가 구도의 길이라면 길이다. 그것은 자연의 결에 순응하는 한 인간의 성찰이기도 하다. 그의 시에는 숨겨져 있지만 그의 삶은 치열했다. 그만큼 구도의 과정도 치열함 속에서 이루어졌다. 그래서 그의 시는 쉬운 거닐기가 아니라, 하루 종일 들에서 일하고 저녁노을 바라보며 낫을 들고 귀가하는 느린 걸음의 산보다.

어느 날 새벽, 문득 도회지 생활을 접고 떠나가던 모습이 생각난다. 화려한 빛을 좇아 동쪽으로만 가던 뭇 사람들을 거스르며 서쪽으로 향한 그 결기는 과연 무엇이었을까? 그것은 아마도 대처 생활의 무모함, 그 과도한 가치분열 속에서 드러나는 과대망상과 우울증의 비인간성을 미리 구원하고자 한 것은 아니었을까. 오만함을 접고 결국 모태로 향하게 될 상처받은 이들에게 미리 위안이 되고자 함은 아니었을까. 서쪽으로 미리 가서 결국 동쪽으로 향하다 힘을 잃고 서쪽으로 쓰러지게 될 그들을 편안하게 맞이하려는 보살심은 아니었을까(「지는 놈들은 다 서쪽으로 간다」). 그들은 바로 다수의 자기 자신이기도 하다. 그러기에 한창 힘 좋던 시절, 무겁게 잡아당기는 문명의 유혹을 뿌리치고 그는 서쪽으로 간 것이다. 마음속에서 구심력과 원심력이 피투

성이가 되도록 싸우는 와중에 서서히 걷고 또 걸은 오체투지였다. 득도한 달마의 오만함이 아니라 모든 세상을 수긍하기 위한 몸부림이었다. 보살도를 찾아 떠난 것이다.

그러나 그 떠나온 곳에 대한 중독성은 쉬이 가시지 않는다. 그리움이란 멀어질수록 더하고, 희미해질수록 또렷하고, 몰래 하는 것이기에 간절하다(「함박눈」). 개구리 알처럼 시청각이 어우러진(「개구리알」) 생기 있는 봄이 올 때면, 또 눈이 몰래 고요히 담장 너머로 속삭이듯 올 때면(「적설량」) 그리움은 주체할 수가 없다. 하지만 삼세가 다 승화되어 하나되는 것이 또한 그리움의 묘법이다. 막연하고 모르는 임은 없는 허상이다. 임은 떠난 사람이다. 시공간 속에서 사라진 사람이다. 그러나 사라졌지만 사라지지 않고 죽었지만 죽지 않고 가끔 꿈틀하는 것이다. 그런 사람들에 대한 그리움은 공유하고픈 자연의 아름다움과 그 생동감에 의해 문득 동기화되어 자기도 모르게 샘솟는 것이다. 봄의 힘인 것이다(「봄」). 뽀드득뽀드득 님이 오면 님 발자국 소리, 님이 안 오면 님 원망 소리, 추운 겨울에도 두 힘이 눈을 흘기다가 와락 끌어안는 것이다. 그렇게 과거와 미래가 현재에서 조우하는 것이다.

힘들고 외로울 때면 우리는 어디로 돌아갈까. 부모는 언제나 목마른 우리의 젖줄이다. 생각하기 전에 떠오르고, 돌아가기 전에 와 있다. 힘든 존재는 이미 같이하는 줄도 모르고 늘 달리 구한다. 아버지의 흔적은 이미 자신의 삶이다. 흡사 과일 한입에 인생이 통으로 맛보아지듯, 사소한 일물에도 아버지의 삶이 보인다(「쟁기」). 산에서 질기디질긴 칡넝쿨을 만날 때면, 아버지가 모든 것을 바로잡고 고치고 동여매는 수단으로 사용했던 칡넝쿨, 그 방편이 주는 올곧은 가르침에 수긍이 가고 힘이 생긴다(「칡넝쿨」). 들판 푸르름의 모태인 저수지처럼 자식을 위해 자신을 수없이 채우고 비우던 아버지의 품을 스스로 체험하고 감복한다(「당신을 닮아가기까지는」). 홍시를 위한 여린 감나무의 견뎌냄을 보면서, 그 무조건적이고 희생적인 사랑을(「감홍시를 따면서」) 떠올리며 이제는 기댈 곳도 없는 그곳에 다시 기댄다. 그래도 여전히, 자식의 의지에 부모는 기억 속에서도 혼신으로 버틴다. 세월을 넘어 감사하다. 구부정한 어머니의 다리는 세월의 다리, 세대를 잇는 인고의 다리, 끊어질 듯 이어지는 한의 다리, 그 다리 이즈막에 서서, 그 이음의 의무 같은 무게를 느끼며 자기 존재에 대한 감사를 표하면서, 감읍한다(「어머니의 다리」). 위안을 얻는다. 인간으로서 살아갈 힘을 얻는다.

인간에게 자연이란, 자연을 대하는 태도에 따라 구분된다. 그것은 자신을 대하는 태도이기도 하다. 자연이 막연한 돌파구인가 싶다가도 숨을 조이는 벽으로 다가올 수도 있고, 반대로 숨막힐 듯 하다가도 그 결道을 느끼는 순간 온 세상이 열리는 경우도 있다. 그러나 일그러진 습관을 자연의 결에 맞추기란 그리 쉽지 않다. 시인은 처음부터 자기 삶이 자연이기를 서원한다. 초발심初發心이다. 자연과의 동화나 합일에의 감응도 미리 맛본다. 겹치고 공유하고 배우고 깨닫고 잇고(「묵향」), 그렇게 자신을 일깨우는(「열대야 현상」) 삶을 설정한다. 세상을 보는 방식도 설정하고(「고드름」), 소나기의 일생처럼 짧은 삶이지만 깨어서 살다가 담백하게 마무리하고픈(「소나기」) 원도 세우고, 억겁의 세월을 세상을 품고 세상 속으로 흘러 세상이 되어 세상을 바꾸는 강물의 물빛을 닮고 싶어 한다(「겨울 섬진강에서」). 그렇게 세상 속으로 들어가 묵묵히 사람들과 함께 살고자 한다. 그것은 이미 아버지한테서 본 모습이다. 하지만 선각자는 말없이 갔고, 자연은 또 성급한 자에게 말 없어 적막하다. 깊은 산골 영감을 자청한 자신이 자신에게 대답하지 못하는, 그런 답답함이 있다(「메아리」). 몸서리치는 적막감도 있다. 산골 하루는 정말 고즈넉하다. 주위는 제멋대로 움직이고 시간은 서걱서걱 지나간다. 시인은 주위를 거역하지 않는다. 자기도 주위가 된다(「산골 하루」). 금새 하루가 가버리고, 바람에 귀 씻는 고독의 시간, 솔바람은 쓸쓸한 마음까지 쓸어간다(「솔바람」). 그러나 때론 그 풍부한 적막이 오히려 자신과 뭇 생명을 살린다. 저마다 생에의 이유를 달고 몸부림치는 존재들, 그 기저에는 그런 생동감을 일으키는 배경이 있다. 그런 고요가 있다(「그저 그럴 수만 있다면」). 죽어서 사는 이치가 있다. 그런 시간에 나를 내맡기면 내가 없다. 나랄 것이 없어서 외롭지 않다. 모든 생명이 친구가 된다. 자신 속에 다수가 산다.

하지만 산골에서의 실존적 삶은 녹록하지 않다. 아침에 시작

되는 시인의 삶은 치열하고 묵묵하다. 인내심 있고 부지런하다. 그건 부모의 유산이고, 부모에 대한 기억의 힘이다. 노동이란 말이 필요 없다. 묵묵한 수행과정이다. 법당이 따로 없다. 힘든 삶의 현장이 법당이다. 불성이 멀리 있는 것이 아니다. 세상을 대하는 간절하고 여여如如한 마음이 불성이다. 논두렁 붙이는 그 힘든 반복도 이미 오체투지다. 그 말 없는 수행과정에 시비분별을 떠난, 오로지 무차별의 산처럼 환하고 편안한 부처님 얼굴이 보인다(「논두렁 붙이기」). 이미 고행도 행복이다. 승화의 힘이다.

그래도 괜한 시간이 나면, 자연을 향한 구체적 여로에 오른다. 자연 읽기가 시작된다. 그것은 자기 읽기다. 섬진강 백사장에 서면, 대상이 너무 밝고 맑아 오관조차 필요 없다. 그렇게 감각과 대상이 사라진 풍경 속에서 시대에 밀려 찾아온 나그네는, 억압이니 해방이니 자유랄 것도 없는 그런 무심의 경지(「평사리 백사장」)를 맛본다. 들로 나가면 들풀은 자신의 삶이다. 청운의 꿈을 안고 시작하던 그 봄날도 어느덧 노을빛을 어렴풋이 품었다. 뭐 그리 대단한 열매 하나 맺지 못했지만, 말할 만한 것도 없지만, 나름 살아가는 현재의 삶과 사그라지는 꿈이 다르지 않음을 평등하게 인지한다(「들풀」). 과정이 결과인 셈이다. 때로 심심하면 산길을 오른다. 가다 보면 뭇 생명과 조우한다. 또 다른 자신을 만난다. 심심해서 하는 놀이, 그 집적거림은 존재들을 거스르고 해하는 유위적 희롱이 아니라, 하나하나 모두를 존재로서 인정해주는 무위적 사랑이다. 들풀 하나 미물 하나 모두가 하나 되어 노니니 둘이 아닌不二 평등을 체험한다(「심심해서」). 오솔길은, 걷기에 비좁은 길, 주위에게 많이 내어준 길, 주위에 의해 이끌리는 길, 주위로 인해 생긴 길, 그래서 주위가 주인인 길이다. 뭇 생명이 제각기 숨 쉬는 수용의 세계, 서로에게 집착과 걸림이 없는 세계, 아무리 약해도 살아 숨 쉬는 세계, 그런 감미로운 세계, 그런 들쭉날쭉함이 있어 평등한 세계, 그렇게 서로 바라봐주는 세계다(「오솔길」). 오솔길은 자연과 인생이 통하는 길이다. 겨울 산길은 향기 가득한 사원이다. 겨울나무는 수도자다. 묵묵한 도반이다. 침묵 속 흐르는 존재의 이유, 그것은 고요다. 모든 존재가 그저 그러해서 고요하다. 합장할 뿐이다(「겨울 산길」). 주위가 온통 스승이고, 만물이 다 친구다. 폭설이 올 때면, 거부도 수용도 없는 폭설 속에 드러난 생명의 모습에서 평등한 세상을 본다. 평등하기에 자유롭다. 나도 좀 까불어 볼까, 님 찾아 내 마음 가출해 볼까, 그런 상쾌한 상상이 찾아드는 것이다.(「폭설」) 들에서 염불을 외듯 새를 쫓는 줄을 흔들 때면, 빈 깡통도 빈 소리를 내어 빈 사람을 일깨운다(「새줄을 흔들며」). 딱새도 죽비를 든 스승이고(「딱새」) 낫이라는 구체적 일물도 좋은 방편이며(「낫을 갈며」) 소도 정다운 도반이다(「소」). 메주는 채우기보다 비우며 살자 하고(「메주를 만들며」), 지나가는 부엉이는, 시간이란 유행에 끄달리면 유수와 같으니 집착 말고 여여하라고 은자의 도를 말한다(「부엉이의 말」). 땔나무는, 자아Ego가 제 잘났다고 천 갈래 만 갈래 고통의 춤을 추다가 땔나무처럼 쓰러져 죽으면 남을 것도 없는 그 자리가 본래면목本來面目이라 말하고(「땔감을 하면서」), 그런 배움의 소산, 내공으로 인간은 장작을 패는데(「장작패기」), 장작더미는 그 함이 없는 함으로 도리어 상대에게 불공佛供하라 한다(「장작더미」). 나팔꽃은 깸과 침묵을 말하지 않고 방긋 웃을 뿐이고(「나팔꽃」), 똥마저, 똥으로 인해 깨어나고 똥으로 인해 위안받고 똥으로 인해 살아가는 존재를 이야기한다. 그렇게 마음먹기에 따라 어떤 존재도 선이 될 수 있다고, 상선약똥을 이야기한다(「똥」). 서로 따스함에 집착하여 시비를 따지고 비교하고 부대끼는 소리의 소란함, 그 괴로움이란 훌훌 마음 한번 고쳐먹으면 바람처럼 다 공허한 것이란 걸 겨울산승은 멀리서 말없이 말해준다(「겨울산」). 인생이 자연의 리듬과 다를 바 없으니 애써 집착하지 말고 순리대로 솔직히 살라고 한다(「꽃이 지듯이」). 일상에서도 경전을 놓지 말라 한다. 사람 등에 착 달라붙어 사람과 함께하는 지게는 사람과 둘이 아니다. 사람에게는 짐이 될 수도 있고 가벼움이 될 수도 있다. 무슨 일을 하느냐는 자신의 마음이다. 일체유심조의 말씀, 경전이다(「지게」). 헛것이 만물을 채우고 그 채움이 헛것으로 비워지니 헛것은 있는 것도 아니고 없는 것도 아니다(「헛물꼬에 앉아」). 그러니 온 인생을 살아온 인간은 적어도 이 정도는 되어야 한다. 세상의 무게에 나를 내려놓아야 하고, 세상의 원망에도 무심할 수 있어야 하고, 세상이 제 잘났다고 떠들어대도 제 살아온 빛깔, 제 살아온 온기 조금이나마 보태고 보시하고 봉헌할 수 있어야 한다. 알겠습니다, 구절초 선생님(「구절초꽃」). 언어도 만물도 인연 따라 이루어지니 애초에 편견 없이 흐르면 모든 인연 사랑으로 넘치는 법이고(「인연」), 영원을 머금은 찰나와 우주를 잉태한 일점, 그 소중한 깨침의 환희는 이미 시공을 떠나 눈부시다(「과거」). 인연의 설렘이란 구차스런 미련이 아니고, 만나고 헤어짐은 거머리 같은 끈질김이 아니다. 일거에 와서 혼쭐을 내더라도, 가신 뒤에는 담백하고 청명한 마음 거울만 남을 수 있는 그런 만남이라야 한다. 미처 파아란 하늘을 거둘 겨를도 없는 자리, 그 무심의 틈새는(「소낙비」) 소나기가 만들어주는 최고의 시간이다. 모든 것이 허용된 자리, 득도의 자리다. 시비를 따질 겨를이 없어 시비가 떠난 자리다. 아이의 일상처럼 순수함이 그대로 드러나는 시간이다. 후다닥 소나기처럼 정신없는 자리다. 본래의 자리다. 친밀한 자리다. 선승에게 성불을 여쭈었다가 냅다 따귀를 맞는 순간이다. 그 돈오의 찰나다(「소나기에 대한 회상 2」). 그렇게 일격은 깨달음 없이 깨닫는 순간에 일어난다(「일격」).

진정한 앎이란 앎을 떠난다. 생명을 생명으로 보고 사람을 사람으로 보는 것이다. 너와 내가 다르기에 다르지 않다는 것을 아는 것이다. 이제 시인에게는 사람들이 아름답다. 그건 치열함의 결과이기도 하지만 숨겨진 천성, 씨앗의 발로다. 그건 대상과의 대비와 마찰로 득한 것이기에 오롯이 대상에게 바쳐진다. 회향回向하는 마음이고 무량대비다(「굳은 살」). 동네에서 술이 좋아 뭇 좋은 사람에게조차 소외된 주정뱅이, 그 자유인이 흘러드는 데가 시인의 집이다. 시인의 품이 넉넉하니, 그의 한탄은 구원된다. 시인은 그의 노래가, 그의 삶이 귀해 그를 위해 노래했다(「탄가」). 호의로 포장하면 끊어지기에 십상인 것이 사람의 관계다. 없는 듯 번쩍이는 거미줄처럼 연단 위 인생 서커스의 힘은 인간에 대한 신뢰다(「거미줄」). 그 없는 것의 힘이다. 현대는 폭력에 상처받는 시대다. 자신도 모르게 자신만을 위해 힘자랑하는 과대망상이 폭력의 근원이다. 대부분의 인간은 자신도 저물어 간다는 것을 모르고 산다. 그런 자기애에 부풀어 타인에겐 개념 없이 폭력적이다. 바탕의 부재 탓이다.

시인은 만수동에 산다. 만수동엔 여느 시골 마을처럼 노인들이 많다. 모두가 부모고 형제다. 시인은 저물어가는 것, 스러져가는 것에 대한 애정이 있다(「죽명」). 그들의 불편과 고통은 언제부턴가 이미 그의 것이 되었다. 그건 서쪽으로 미리 온 이유이기도 하다. 그것은 스스로 물들어 대상마저 물들이는 마음이다. 중생을 위하는 마음이다(「단풍」). 준다는 것 자체의 벅찬 즐거움이다(「가을 햇살」). 뭇 세상 발걸음의 하중을 감수하면서, 그들의 애환으로 얼룩지면서, 그들에게 보시하면서, 그들이 되어 묵묵하는(「징검다리」) 보살의 길이다. 그가 사는 만수동은 여느 동네와 다르다. 담은 경계고 벽이지만 만수동 돌담은 다르다. 만수동 돌담은 바람이 쑹쑹 통하는 소통과 서로를 넘나 볼 수 있는 관심과 태풍에도 끄떡없는 믿음의 담이다. 그런 평등한 삶의 중

재자다(「만수동 돌」). 거기에는 무량 대가를 낳는 무주상보시가 있다. 나누는 사람들은 늘 감사하다. 받는다는 생각도 준다는 생각도 없다. 주객이 없다. 그래서 동네가 온통 하나다. 하나된 풍부함 속에서 세속적 헤아림은 정말 수지맞는 상상이다. 상쾌한 행복이다(「만수동 사람들」). 만수동은 정토다. 어린 동심, 그 초발심이(「경칩」) 실현된 정토다. 너나가 없지만 서로 서는 세상, 운명을 담담하게 받아들이되 운명에 맡기지는 않는 세상이다(「시세대로」). 고요하지만 생기가 넘친다.

그런 정토는 이어져야 할 땅이다. 옛 기억을 안테나 삼아 방향을 잡아야 하는 것이다. 그 옛날 온 가족이 기다리던 소식은 도회지로 향한 자식들 소식이었다. 그런 기다림은 가족이 사라져도 이어지는 것이다. 가족을 위해 이어지는 것이다. 세대와 세상을 위해 이어지는 것이다. 희망은 이어지는 것이다(「안테나」). 부모의 강인함의 기원은 자식이다. 대를 잇는 자의 책임은 강하다. 독처럼 강하다. 배젖처럼 물렁해도 씨앗을 위해서는 강고한 성체다(「풀독」). 부모의 삶은 깨달은 삶이다. 그렇게 말없이 흘러온 삶이다. 어느덧 부모로서, 부모를 거스른 운명의 청개구리일지라도, 아들에게 하고 싶은 부끄러운 당부가 있다(「개구리에게」). 세상이 그대를 속일지라도, 아버지는 묵묵하게 참외를 가꾸었다. 그건 분명 자식농사였다. 겉과 속이 같은 자식을 키우는 농사였다. 그런 자식이 이제 그런 승산과 무관한 계승을 하고 싶은 것이다(「참외를 먹으며」). 그리고 자식에게, 새로운 자신에게 되뇌는 것이다. 인고의 계절도 때가 되면, 저항을 인욕으로 승화시키다 보면, 긴장의 벽도 부드러운 소통과 다를 바 없다는 것을(「마늘쫑 뽑기」) 알게 되면, 그렇게 세상을 바라 보면, 좋음조차 모르는 좋은 날, 그런 편안하고 맑은 날이(「겨울나무」) 오리라. 수확의 기쁨을 맞이하리라. 그러면 깨우침의 회초리인 소나기조차 필요 없으리라(「비 설거지」). 나락의 분신공양처럼 무아無我로 뭇 생명을 살리는 보살의 길이 보이리라. 그런 무량 설렘을 맛보리라(「방아를 찧는 날」).

그리움을 잉태하고 인내로 끙끙대며 쩡쩡거리던, 그 봄을 맞는 설렘으로(「만수동 저수지」) 가득하던 만수동 저수지에도 이제 가을이 들었다. 여름 내내 자연의 결을 배우고 닦는 수행과정에서 저수지는 깊고도 깊은 자비의 화수분이었다(「심」). 호수는 시인의 참 마음이다. 본래 없는 그 자리다. 호수에 잘난 자신을 비추며 수많은 새들, 짐승들, 사람들, 풍경들이 지나갔다. 변화무쌍한 것들이 다 지나가도 지나가면 다시 맑다. 내가 지은 희로애락 내가 그린 그림도 언제든 비춰주고 언제든 없애준다. 무한용도다. 한량없는 바탕이다(「무적」). 맑음조차 없는 빔이다. 비어서 다 품을 수 있는 넉넉함이다. 시인은 호수 앞에 서서, 거울에 비친 자신을 바라본다. 없는 자신을 비추어 본다(「가을 호수」). 문득 지나간 뭇 생명들이 훨훨 살아난다. 정겹다. 이제 비워야 할 군말도(「군말」) 더는 군말이 아니다. 그래서 시인의 경전은 말한다.

수직으로 서서 수평으로 길을 낸다
긴 장대를 모래 바닥에 수직으로 세워서
수평으로 배를 뻗대어 가는 사공도 있었고
매화꽃으로 가는 눈의 무게를 헤아리기 위해
소나무는 한사코 수평으로 가지를 벌리고
속으로 수천 개의 수직을 숨기며
대나무는 마침내 숲의 적묵에 들었고
허수아비는 수직으로 서서 두 팔을 뻗어
후미진 밭머리까지 가 닿는다
어두운 수평선을 쭈욱 그어가는 등대도
그런 생은 가난하거나 외롭거나 푸르거나
따뜻하거나 깃들거나

–「굴뚝」 전문

수직은 비교요 차별이요 아상이요 편리요 자유다. 그런 수직의 마음 누군들 없으랴. 하지만 수평을 위해, 세상의 평등을 위해, 가난하고 외롭고 힘겨운 자를 위해, 그들과 더불어 살기 위해 자신을 숨기고 버리는 것이다. 그 수직의 힘이 수평의 평화를 담보하는 것이다(「굴뚝」). 수평을 위해 기꺼이 수평이 되는 것이다. 보살행인 것이다.

도란, 닿을 수 있는 거기가 아니라 거기로 향해 묵묵히 가는行 길이다. 글을 마치면서, 적묵을 두른 속 깊은 소나무를 속 좁은

내가 투정하듯 태우다가, 내 속이 먼저 타들어 가는(「차이점」),
그런 느낌을 감출 수가 없다.

# 시와 사람이 같아서 좋다

박미경(시인)

그를 만나 함께 한 지 10년이다.

그를 처음 만났을 때 사람보다 시를 먼저 보았다. 시 속에 허풍이 없어서 좋았다.

글을 쓰는 사람들을 많이 만났다면 만나온 터라 글과 사람은 다를 수 있음을 안다. 그래서 글을 쓴 사람을 직접 만나고 나면 그 글이 다르게 읽히기도 한다.

티비에서 가끔 보이는, 자연 속에서 도인처럼 살아가는 사람들은 도시인들이 꿈꾸는 자신의 환영을 투사하기에 좋지만 그들의 삶이 얼마만큼 진실 되고 진정한 자연인인지는 그것으로 알 수 없다. 밥벌이의 고단함을 모른 채, 햇빛 바라기만으로 하루를 보낼 수 있는 사치를 그대로 믿을 수 없기 때문이다.

그와 함께 살며 내가 산목(하봉규 시인)에게서 본 것은 '흐르는 물'이다.

일상의 삶이란 우리 스스로를 누추하게 하고 끊임없이 변명하게 만드는 구조를 가지고 있다. 내가 조금이라도 더 편하고 내가 조금이라도 더 가지려면 좋은 얼굴 좋은 사람이라는 탈을 쓰고도 머릿속이나 가슴속 한 구석에서는 나를 위한 변명을 무기로 딴 궁리를 하고 있기가 십상이다.

그런데 도대체 이 사람은 그게 없다. 십 년의 시간 동안 '탓'을 들은 적이 한 번도 없다. 같이 사는 사람은 섭섭할 만큼 그게 무엇일지라도 가두어 담아두려 하지 않는다. 특히 사람에 대한 불편한 기억은 담아두는 게 없다. 달리 표현할 말 없이 '흘러가는 물'이라는 게 딱 맞는 말이다.

사람을 알면 글이 더 빛나는 경우의 사람이다.

시골살이는 봄부터 가을까지 자연이 우선이다. 때가 되면 씨를 뿌려야 하고 줄을 서 있듯이 해야 할 일들이 순서대로 온다. 산목은 그 순리에서 벗어나려 하지 않는다. 해마다 반복되는 일들 앞에서 투정이 없다.

방에서 보이는 거미를 방 밖으로 내 보내주고 새소리를 들으며 이름을 불러 주고 힘든 일 속에서도 꽃들에게 늘 눈을 준다.

그리고 그를 시인으로서 높이 사는 이유를 작년 여름에 쓴 시로 대신한다.

유난히 덥다는 올해의 여름
매일 갱신되는 기록의 숫자

뉴스의 공백을 채워주는 사이에도
햇빛에 바랜 낡은 셔츠를 입은
하씨는 새벽을 나선다
두어 시간 산을 타며
풀을 베면
이미 옷은 흥건히 젖고
장화 속에 물이 찬다

무엇과의 싸움인가
밥벌이의 고단함은 어디서든
일어나고 있는
책임과의 타협이지 않던가
자신과의 싸움은
새벽, 잠자리에서
펴지지 않던 몸을 일으킬 때 끝났다
그럼 싸움이 아니면 무엇인가

두 팔이 허공을 가르며
풀들이 베어져 나갈 때
다리에 힘줄들이 곤두서고
등에 짊어진 무게가 어깨를 누르는데
어린 짐승이 숨어 있을까
눈길은 살피고
풀숲에 알을 낳고는
기계소리에 나뭇가지에 올라

떠나지 못하고
마음 졸이는
어미새를 떠올리는

그 나라는
폭염이 없다
한낮 햇빛에 하얗게 소금이 앉은
그의 등에는
눈이 내린다
그 나라는
밥벌이의 눈물이 없다
땀이 흘러 눈 앞을 가릴 때
잠시 멈춰 바라보는
하얀 도라지꽃
소복하게 눈이 쌓인다

그의 나라는
언제나 새벽이고
그의 나라는
언제나 안개 내리고

사람살이 눈으로 덮인
길을 걷는다

–「설국」 전문

그가 내 옆지기이며 도반이어서 감사하고 축복으로 생각한다. 남은 생들이 그에게 또 어떤 결들로 다가가 그의 마음속에 흐르고 또 흐르다 강가의 돌멩이들처럼 남을지 앞으로 쓰여질 시들을 기다려 본다.